B. des Graviers e T. Jacomet

OS SANTOS E SEUS SÍMBOLOS

folio

Título original:
Reconnaitre les saints

Rambla de Catalunya, 135
08008 Barcelona

Capa:
Tiffitext, S. L. / Maurício Restrepo

Edição Brasil:
Direção: José Luis Sánchez, Meritxell Almarza
Tradução: Angela Zarate, Maria Júlia Braga, Miguel Gil
Revisão: Virgílio Duarte, Michel Teixeira
Editoração: FA Editoração

ISBN: 978-84-413-2490-9

Para Pierre, Teóphile, Jean Eudes, Raphäel, Clarence, Marie, Jacques, Jean Baptiste e Donatien, que levam para a eternidade nomes tão belos...
B.G.

A todos aqueles que nos ajudaram e animaram.
B.G. e T.J.

INTRODUÇÃO

Senhor, nós te louvamos,
Senhor nós te adoramos, pelo imenso cortejo de todos os santos.

Sim, como se afirma nesse canto, os santos[1] formam um imenso cortejo (há perto de 35 mil deles reconhecidos oficialmente pela Igreja Católica; 10 mil no calendário litúrgico),[2] e a lembrança deles subsiste em escritos e em inumeráveis obras de arte, nomes de cidade e de lugares, nomes próprios e sobrenomes.

Para nossos antepassados, o culto aos santos, intermediários entre Deus e os homens, era um componente essencial da vida religiosa, como testemunham, particularmente, as peregrinações. Sabiam reconhecer as representações de um santo por seus símbolos diferenciadores, denominados "atributos", que geralmente evocavam um episódio da vida ou da morte do santo.

Em nossos dias, o culto aos santos, sem ter chegado a desaparecer, tem-se atenuado e esse conhecimento tende a se perder.

Pareceu-nos útil recordar neste livro os atributos dos santos mais conhecidos,[3] bem como seu significado.

1. Véase el recuadro «¿Qué es un santo?», p. 13
2. Véase el recuadro «El santoral», p. 159.
3. Desgraciadamente, hemos tenido que limitarnos a los santos más populares, es decir, los más invocados o representados en el arte.

COMO SE RECONHECE CADA SANTO?

A IDENTIFICAÇÃO DO SANTO

Estamos diante da representação de um personagem que acreditamos ser um santo ou uma santa, como às vezes pode indicar a presença de uma auréola*[1] ou de um nimbo,* num vitral, numa tapeçaria, ou numa escultura... Esse santo não tem nome. Gostaríamos de saber quem é e ter um resumo de sua vida. Este guia poderá nos ajudar.

Começaremos identificando o personagem.

Para isso, reparem bem na representação do santo e de seu entorno e procurem um sinal que lhes cause surpresa. São múltiplos e variados. Em alguns será a presença de um animal (um cisne ou um cervo, por exemplo), em outros será uma decoração estranha (o santo, por exemplo, está sobre uma ponte ou em frente a um incêndio); outras vezes, o santo estará ostentando um objeto (uma pequena igreja, uma espada), ou uma planta (um lírio, um ramalhete de flores).

O primeiro passo para identificar um santo consiste em escolher uma das três orientações seguintes:

1. Observar a presença de algum sinal sobre o próprio santo ou em suas proximidades: objeto, animal, planta...
2. Reparar nas vestes do santo: hábito de bispo, uniforme de soldado...
3. Notar se o santo está numa atitude particular (rezando, atravessando um rio...), se a decoração apresenta alguma característica (uma fonte, um túmulo...) ou se há outro personagem a seu lado (um anjo, uma pessoa humana...).

1. As palavras seguidas de um asterisco estão definidas no glossário da última parte do livro.

Que é um santo?

A santidade, para começar, não significa perfeição moral, mas o fato de ficar à parte, de pertencer a Deus.

No seio da Igreja, todos estão chamados à santidade. O batismo traz implícita essa vocação, comum a todos os membros do povo de Deus, sejam simples fieis, ou altos dignitários da Igreja, tanto se vivem no mundo quanto numa comunidade religiosa, quer sejam casados ou permaneçam celibatários. Seja qual for sua condição física, cultural, intelectual ou social, ou sua idade, todo aquele que é batizado trabalha para fazer resplandecer o reino de Deus através da santidade de sua vida.

Como respondem os fiéis a esse chamado? Através da fidelidade ao seu batismo, perseverando no rezar e no louvor a Deus e praticando a caridade, caridade para com seus irmãos e cada um dos humanos, dotados do amor que lhes é professado pelo próprio Deus. A chamada à santidade afeta cada um de nós, onde quer que vivamos, de acordo com nossa própria condição.

Em nossos dias, a santidade é percebida como um sinal de Deus enquanto for vivida como um serviço a favor dos pobres. A Igreja comemora os santos reconhecidos e os desconhecidos no dia 1° de novembro, Dia de Todos os Santos, festividade que não deve ser confundida com o Dia dos Defuntos, que são lembrados no dia seguinte.
O termo "santo", porém, reserva-se com freqüência (e esse é o caso neste guia) para a categoria de homens e mulheres reconhecidos pela Igreja. Esses santos, entretanto, não são, primordialmente, modelos de virtude; para começar, são seres que se abriram generosamente para Deus, refletindo seu amor de uma forma mais clara que os outros. A Igreja quando canoniza* essas personalidades reconhece oficialmente a qualidade espiritual de suas vidas.

Nota-se um sinal no próprio santo ou próximo dele.

- Caso seja um animal, ir à página 14
- Caso seja uma planta, uma flor ou uma árvore..., ir à página 22
- Caso seja um objeto: arma, utensílio, instrumento de tortura..., ir à página 24
- Caso o sinal esteja sobre o próprio santo: lágrimas, estigmas,* um dedo nos lábios..., ir à página 40

ANIMAIS

Notamos um animal perto do santo e o identificamos como sendo:

UM ANIMAL QUE VOA

ABELHAS

Descansam na boca de Santo **Ambrósio** (pág. 123).
Uma coleia simboliza a vida de São **Bernardo**: "*Sua eloqüência era tão doce quanto o mel*" (pág. 160).

UMA ÁGUIA

Uma águia, às vezes com um estojo de penas no bico: São **João Evangelista** (pág. 86); trata-se do animal simbólico desse santo.

UMA POMBA

Acompanha freqüentemente Santa **Teresa d'Ávila** (págs. 178 e 180) e Santa **Júlia** (pág. 151).
Uma pomba leva um frasco para São **Remígio** (pág. 130) e uma coroa para Santa **Regina** (pág. 111).
Traz um galho de oliveira para **Noé** (pág. 62).
Fala na orelha de São **Gregório, o Grande** (pág. 136).

Sai da boca de Santa **Eulália** quando está na fogueira (pág. 106).
Sobrevoa a Anunciação*: Santa **Maria** (pág. 75).

UM GALO

Um galo recorda a negação de São **Pedro** (pág. 78).

UM CORVO

Um corvo leva alimentos para o profeta **Elias** (pág. 67).
Está próximo a São **Benito** (pág. 133).
Guarda o cadáver de São **Vicente, o Diácono** (pág. 109).
É esmagado (como símbolo do laxismo) por Santo **Expedito** (pág. 128).
Alguns corvos guardam o túmulo de Santo **Apolinário** (pág. 111).

UM CISNE

São **Hugo de Lincoln** (pág. 174).

PÁSSAROS

Estão num ninho próximo a Santa **Ana** (pág. 74).
São **Francisco de Assis** lhes fala de Deus (págs. 162 e 164).
Aproximam-se de São **Valério** (pág. 141).

UM ANIMAL DE QUATRO PATAS

UM CORDEIRO*

Sobre os ombros de **Cristo** vê-se freqüentemente um cordeiro.
Um cordeiro acompanha Santa **Inês** (pág. 115), Santa **Genoveva** e São **Pascoal Bailon** (pág. 191).

UM ASNO

Um asno se ajoelha perante a hóstia: Santo **Antônio de Pádua** (pág. 165).

UM CARNEIRO

Abraão (págs. 62-63).
Em seus sonhos, **Daniel** vê um carneiro monstruoso.

UM BOI OU UM TOURO

É o animal simbólico de São **Lucas,** um dos quatro evangelistas (pág. 85).
São **Saturnino** é martirizado por um touro (pág. 93).
Um santo que sai de dentro de um touro de bronze: São **Eustáquio** (pág. 91).

UM CERVO OU CERVA

O cervo leva uma cruz entre os chifres: São **Eustáquio** (pág. 91) e São **Humberto** (pág. 149).
O cervo (ou a cerva) é protegido pelo santo: São **Gil** (pág. 148).
Um cervo fala com São **Julião, o Hospitaleiro** (pág. 174).
Brígida da Suécia tem uma cerva (pág. 171).

UM CAMELO

Os Reis Magos (pág. 73).

UM CAVALO

O santo monta num cavalo e mata um dragão: São **Jorge** (págs. 116-117). São **Maurício** (pág. 97), São **Martim** (págs. 124-125), São **Hipólito** (pág. 111) e São **Vitor** (pág. 111), na maior parte das vezes, são representados montados a cavalo.
São **Paulo** é derrubado do cavalo no caminho de Damasco (págs. 86 e 162).

UM CACHORRO

O cachorro preto e branco segura uma tocha: São **Domingos** (págs. 162-163).
Um cachorro de caça: São **Humberto** (pág. 149) e Santo **Eustáquio** (pág. 91).
O cachorro é branco: São **Bernardo** (pág. 160).
O cachorro leva um pão entre os dentes: São **Roque** (pág. 165).

UMA RÃ

Santa **Genoveva** (pág. 131).

UMA LEBRE

Santo **Anselmo** salva uma lebre (pág. 174).

UM LEÃO

O leão com asas é o símbolo de São **Marcos**, o evangelista (pág. 85).
São **Jerônimo** (pág. 127), **Daniel** (pág. 70).
Davi mata um leão (págs. 66-67).
Um leão cava o túmulo de Santa **Maria Egipcíaca (Maria, a Egípcia)** (pág. 138).
Um leão se deita aos pés de Santa **Martina** (pág. 111) e lambe a túnica da Santa **Rufina** (pág. 126).

UM LOBO

São **Francisco de Assis** (págs. 162 e 164).

UM URSO

O urso serve a Santo **Elói** e a São **Martim** (págs. 124-125).

UM PORCO OU UM JAVALI

Santo **Antônio Abade** (págs. 121-122) e São **Quirico** (pág. 105) seguram um javali.

RATOS E RATAZANAS

Rodeiam Santa **Gertrudes** (pág. 143).

UMA TARTARUGA

São **Bruno** (pág. 157).

UM REBANHO DE CORDEIROS

Santa **Genoveva** (pág. 131), Santa **Joana D'Arc** (págs. 172 e 185) e São **Pascoal Bailon** (pág. 191) guardam um rebanho de ovelhas. Um rebanho de ovelhas rodeia Santa **Margarida de Antioquia** (págs. 94-95).

UMA VACA

Ordenha a vaca três vezes seguidas: Santa **Brígida de Kildare** (da Irlanda) (pág. 132).

UM ANIMAL MÍTICO

UM DRAGÃO* (VER TAMBÉM "SERPENTE")

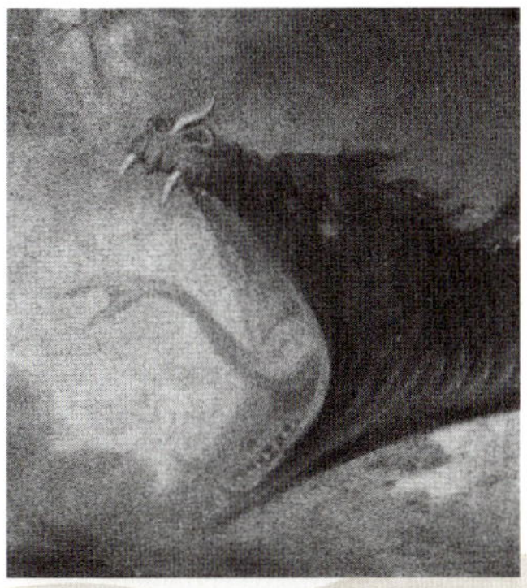

São **Jorge** a cavalo (págs. 116-117) mata um dragão.
São **Miguel** (pág. 60-61), São **Florentino** (pág. 125) e São **Narciso** (pág. 111), o matam a pé.
Está aos pés de São **Silvestre** (pág. 115), Santo **Hilário** (pág. 119), São **Marcelo** (pág. 106), São **Teodoro** (pág. 138) e São **Romão** (pág. 139).
Santa **Marta** doma um dragão (pág. 87).
São **João Evangelista** (pág. 86).
Santa **Margarida de Antioquia** (págs. 94-95).

UM UNICÓRNIO

Às vezes, um unicórnio acompanhava Santa **Maria** (pág. 75) e Santa **Justina** (pág. 111).

OUTROS ANIMAIS

UMA ARANHA

Uma aranha cai no cálice* de São **Conrado** (pág. 149) e de São **Norberto** (pág. 158).

UM CARANGUEJO

O caranguejo traz um crucifixo* a São **Francisco Xavier** (pág. 177).

UM PEIXE

Jonas (pág. 68) é engolido por uma baleia.
Tobias (págs. 68-69) pesca um peixe que servirá para curar seu pai.
São **Francisco de Assis** (pág. 164) e Santo **Antônio de Pádua** (pág. 165) pregam para os peixes.
São **Malo** (pág. 141) reza missa sobre um peixe grande.
São **Paulo Aureliano** (pág. 136) pesca um peixe com um sininho em sua boca.

UMA SERPENTE (VER TAMBÉM "DRAGÃO")

Aos pés de Santa **Maria** jaz uma serpente (pág. 75).
São **Florentino** (pág. 125) atira uma serpente ao rio Loire.
Santo **Hilário** (pág. 119).
São **Patrício** (pág. 131) e São **Júlio** (pág. 124).
Santa **Tecla** (pág. 111) é representada com a serpente de seu suplício.

FERAS SELVAGENS

São **Brás** amansa feras selvagens (pág. 113).

VEGETAIS

Reparamos num vegetal que o santo carrega ou que está próximo dele e o identificamos como sendo:

FLORES OU FRUTAS

CEREJAS

São **Geraldo** (pág. 158) colhe cerejas em pleno inverno.

FLORES

Santa **Dorotéia** (pág. 108) leva flores numa cesta ou em forma de coroa.

UM LÍRIO*

O lírio simboliza a virgindade consagrada a **Deus** está representado junto a numerosos santos. Santa **Maria** (pág. 75), São **José** (pág. 87), o anjo **Gabriel** (pág. 59).
Uma flor de lírio[1] aparece no escudo de São Luis (pág. 166), São **Domingos** (págs. 162-163), São **Casimiro** (pág. 175), São **João de Deus** (pág. 191), São **Jacinto** (pág. 174), Santo **Antônio de Pádua** (pág. 165), Santa **Catarina de Siena** (pág. 172), São **Norberto** (pág. 158).

UVAS

São **Vicente, o Diácono** (pág. 109) e São **Bonifácio** (pág. 151).

ROSAS

Santa **Rita** (pág. 173), Santa **Rosa** (pág. 182) e Santa **Teresa de Lisieux** (págs. 186-187).

UM TREVO

Símbolo da **Trindade*** (pág. 57).

UMA ÁRVORE

A árvore simboliza a cruz: Santo **André** (págs. 78-79 e 185).
A árvore abriga três anjos: **Abraão** (págs. 62-63).
São Cristóvão (pág. 97) utiliza o tronco de uma árvore como bastão.
Santa **Brígida de Kildare** (da Irlanda) (pág. 132), no dia de seu ingresso no convento*, toca numa árvore seca e um ramo reverdece.

UM RAMO OU UMA PALMA

Símbolo do martírio*. Por exemplo: São **Norberto** (pág. 158), São **Vicente, o Diácono** (pág. 109).

OUTRA PLANTA

Moisés (pág. 65) diante de um arbusto que arde.
Um feixe de trigo no meio de outros onze: **José, o Patriarca** (pág. 65).

1. O lírio, ou lis, aparece três vezes no escudo real francês. De "Flores de Luís", passou a "flor de lis".

OBJETOS

Notamos um objeto que o santo segura ou que está perto dele,
e o identificamos como sendo:

UM OBJETO PARA O CULTO PAGÃO OU CRISTÃO

UM CÁLICE* OU UM CIBÓRIO*

Um cálice com uma aranha: São **Conrado** (pág. 149); São **Norberto** (pág. 158), que está vestido de padre, com um lírio, ou uma custódia*.
Um cálice de onde sai uma serpente ou um pequeno dragão: São **João Evangelista** (pág. 86).
Um cálice com uma hóstia* que flutua no ar: São **Pascoal Bailon** (pág. 191), São **Luciano** (pág. 111).

UM TERÇO*

São **Boaventura** recebe um terço de Santa Maria (pág. 167).

UM CÍRIO

São Cláudio (pág. 146), Santa **Genoveva** (pág. 131), São **Brás** (pág. 131).

UMA CRUZ OU UM CRUCIFIXO*

São **Bernardo** segura um ramo feito com uma cruz e objetos da Paixão (pág. 160).
A cruz que segura São **Marcial** (pág. 111) tem uma haste longa.
Santa **Helena** (pág. 114).
A cruz em forma de X de Santo **André** (págs. 78-79 e 185) e de Santa **Eulália** (pág. 106).
São **Francisco Xavier** (pág. 177) tem uma cruz sobre o peito.
São **João da Cruz** (pág. 180), São **Lourenço** (pág. 100 e 155).
Santa **Justina** (pág. 111), Santa **Brígida da Suécia** (pág. 171).

São **João Batista** (págs. 76-77) tem uma cruz na mão.
Um crucifixo atrai o olhar de Santa **Isabel de Hungria** (pág. 164).
Crucifixo ramificado em forma de flor de lis: Santo **Antônio de Pádua** (pág. 165) e São **Bruno** (pág. 157).
O Cristo crucificado inclina sua cabeça ao passar Santo **Honório** (págs. 136-137).
Santa **Júlia** (pág. 151) com a cruz de seu martírio.

UM INCENSÓRIO*

Muitos **anjos** (págs. 58-59) utilizam um incensório.
São **Zacarias** (pág. 74).

UMA CUSTÓDIA*

São **Pascoal Bailon** (pág. 191), São **Norberto** (pág. 158).

UM RELICÁRIO*

São **Gregório de Tours** (pág. 136).

AS TÁBUAS DA LEI

Moisés (pág. 65).

UM ADORNO OU ORNAMENTO DE VESTIR

UM ANEL

O menino **Jesus** oferece um anel a Santa **Joana de França** (pág. 173). Jesus adulto dá um anel para Santa **Martina** (pág. 111).
São **Edmundo** (pág. 150) recebe um anel das mãos de São João.
São **Roberto** (pág. 158) o recebe de Santa Maria.

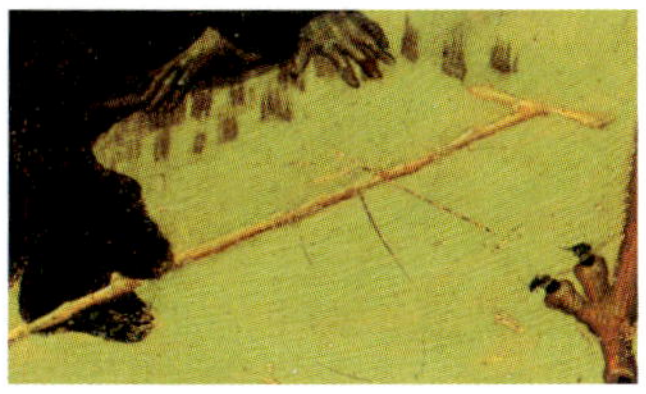

MULETAS

Santo **Antônio Abade** (págs. 121-122) segura uma muleta em forma de forca (às vezes, está apenas marcada sobre suas roupas).

UMA COROA

Uma coroa real

Davi (págs. 66-67), Santo **Edmundo** (pág. 150). Santo **Olavo** (págs. 154-155), Santo **Henrique** (pág. 155), Santo **Eduardo** (pág. 156), São **Luís de França** (pág. 166), Santo **Érico** (pág. 174), Santa **Clotilde** (pág. 114), Santa **Helena** (pág. 114).
Aos pés de São **Luís Gonzaga** (pág. 181), Santa **Edite** (pág. 174) e Santa **Gisela** (pág. 174).

Uma coroa feita de ramos ou flores

Muitos mártires a usam como símbolo da obtenção da vida eterna.
Santa **Rita** (pág. 173) e Santa **Teresa de Lisieux** (págs. 186-187) ostentam uma coroa de rosas.

Uma coroa de espinhos

É um recordatório da coroa de Jesus: São **João de Deus** (pág. 191), Santa **Catarina de Siena** (pág. 172), **São Teodoro** (pág. 138).
São Luís (pág. 166) segura uma com a mão.

ESTRELAS

Sete estrelas, símbolo dos cartuxos*, formam um nimbo* para São **Bruno** (pág. 157).

ARMAS
(VER TAMBÉM "INSTRUMENTOS DE TORTURA OU DE MARTÍRIO"*)

UMA FLECHA*

Flechas crivam Santo **Estevão** (pág. 104) e Santo **Edmundo** (pág. 150). Santa **Cristina** (págs. 100-101), Santa **Úrsula** (pág. 99) e Santa **Irene** (pág. 109) têm uma flecha (ou várias) na mão.

UM BASTÃO, UMA MAÇA OU UM CHUÇO (VER "BORDÃO"*)

Santo **Hilário** (pág. 119)
São **Cristóvão** (pág. 97) leva um bastão de peregrino (florido) ou, às vezes, um tronco de árvore.
Instrumentos de martírio* de São **Timóteo** (pág. 111) e São **Apolinário** (pág. 111).

UMA FACA, UM PUNHAL, UMA ESPADA OU UM SABRE

Abraão, com uma faca, se dispõe a imolar Isaac (págs. 62-63).
Martírio de São **Bartolomeu** (págs. 80-81) e decapitação de **São Tiago Maior** (págs. 82 e 84).
Elias (pág. 67) segura uma espada de fogo.
A espada que São **Miguel** segura (págs. 60-61 e 155), às vezes é de fogo.
São **Martim** (págs. 124-125 e 185) corta a capa com uma espada.
São **Fernando** (pág. 174) exibe um sabre.
Duas espadas atravessam São **Frederico** (pág. 151).
A espada é o instrumento de martírio* de numerosos santos: São **Marcelo** (pág. 106), São **Paulo** (págs. 86 e 162), São **Tomás Becket** (págs. 160-161), São **Valentim** (pág. 101), São **Leodegário** (pág. 145), São **João Batista** (págs. 76-77), **São Tiago Maior** (págs. 82 e 84), São **Matias** (pág. 77), **Santo Apolinário** (pág. 111), São **Vitor** (pág. 111), São **Plácido** (pág. 139).

UM MACHADO

Santo **Olavo** (págs. 154-155) segura um machado na mão.
Santo **Henrique** (pág. 155) é decapitado.
São **Tomás Becket** (págs. 160-161).
São **Matias** (pág. 77) é martirizado com uma espada, um machado, ou uma alabarda.

UMA LANÇA

São **Miguel** (págs. 60-61 e 155), a pé, afunda uma lança nas fauces do dragão, da mesma forma que São **Jorge** (págs. 116-117) o faz montado a cavalo.
São **Maurício** (pág. 97), São **Lamberto** (pág. 146).

CANHÕES E BARRIS DE PÓLVORA

Santa **Bárbara** (pág. 95).

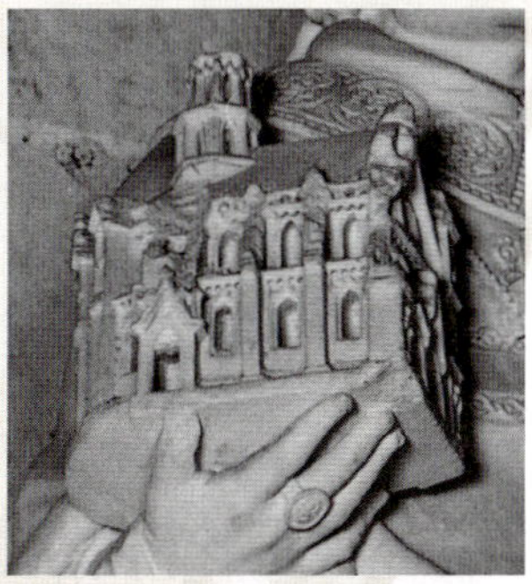

UM EDIFÍCIO EM MINIATURA QUE O SANTO SEGURA (E QUE NÃO CONSTA DA DECORAÇÃO)

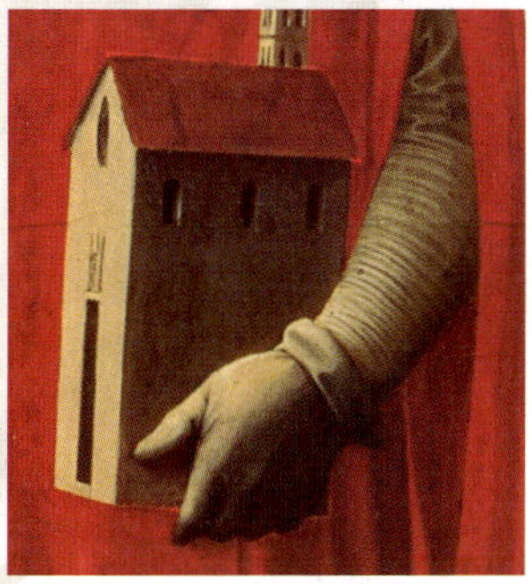

UMA IGREJA, UMA CAPELA OU UMA ABADIA (EM MINIATURA).

Muitos santos sustentam um edifício em miniatura em suas mãos, concretamente, São **Roberto** (pág. 158).
São **Henrique** (pág. 155) segura uma igreja.

UMA TORRE

Uma torre com três janelas: Santa **Bárbara** (pág. 95).

INSTRUMENTOS DE TORTURA OU DE MARTÍRIO
(VER TAMBÉM "ARMAS")

UM SEIXO OU UMA PEDRA

Santo **Estevão** (pág. 89) carrega pedras entre suas roupas ou ao redor da cabeça.
São **Timóteo** (pág. 111), São **Jeremias** (pág. 71).

UMA CADEIRA DE TORTURA

São Quentin (pág. 107).

UM CALDEIRÃO

São **João Evangelista** (pág. 86).

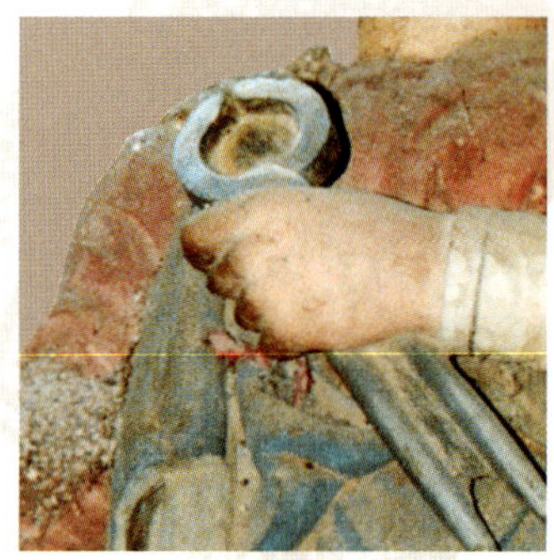

CISALHAS OU ALICATES

Santa **Águeda** (pág. 98) tem seus seios cortados por cisalhas. Alicates são usados para arrancar os dentes de Santa **Apolônia** (pág. 96), a língua de São **Leodegário** (pág. 145) e para martirizar Santa **Martina** (pág. 111).

CRAVOS

Santa **Helena** (pág. 114) e os cravos de Cristo.
São **Leodegário** (pág. 145) tem os olhos furados por cravos.

UMA CORDA NO PESCOÇO

São **Carlos Borromeu** (pág. 181) faz penitência.

UMA COROA DE ESPINHOS

São **João de Deus** (pág. 191).

UM CHICOTE

Santo **Ambrósio** (pág. 123) perseguindo a heresia.

São **Paulo** (pág. 86) flagelando-se, São **Teodoro** (pág. 138), São **Romualdo** (pág. 174).

UMA GRADE OU BRASAS ARDENTES

São **Lourenço** (págs. 100 e 155), São **Vicente, o Diácono** (pág. 109).

UMA MAÇA

São **Judas** (pág. 77).

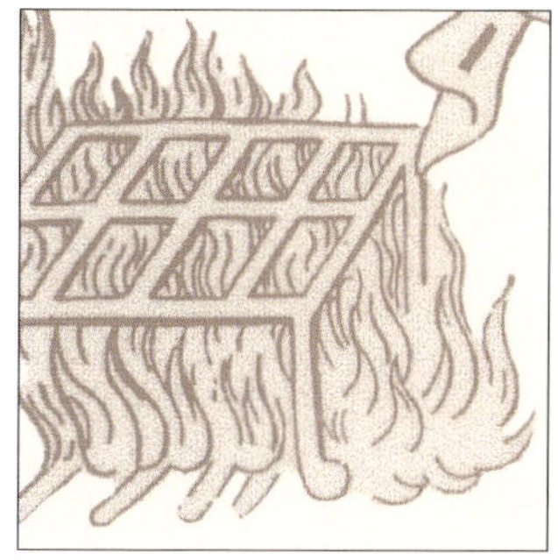

UMA RODA DE MOINHO OU UMA GRANDE PEDRA AO PESCOÇO

São **Vicente, o Diácono** (pág. 109), Santa **Cristina** (págs. 100-101), São **Luciano** (pág. 111), São **Vitor** (pág. 111), São **Floriano** (pág. 139).

UMA RODA (CHEIA DE PREGOS SALIENTES)

Santa **Catarina de Alexandria** (pág. 110).

INSTRUMENTOS QUE LEMBRAM O TRABALHO AGRÍCOLA

UMA PÁ

São **Mauro** (pág. 133).

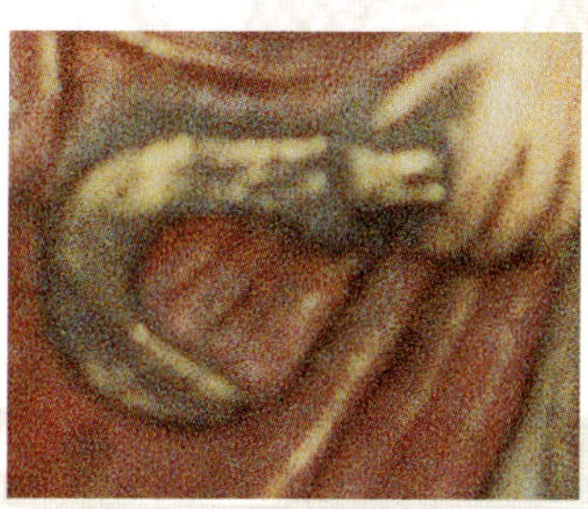

UM ARADO

São **Ricardo** (pág. 167) conduz um arado.

UM PODÃO

São **Vicente, o Diácono** (pág. 109) segura um podão e uvas.

UTENSÍLIOS

UMA BALANÇA

São **Miguel** (págs. 60-61 e 155) pesa as almas com uma balança.

UMA VASSOURA

Santa **Petronila** (pág. 111), Santa **Gisela** (pág. 174).

UM BASTÃO DE MARTINETE

São Tiago Menor (pág. 77).

CORRENTES

São **Leonardo** (pág. 139).

UM CAVALETE E PINCÉIS

São **Lucas** (pág. 85).

TESOURAS

São **Marinho** (pág. 138).

UMA CHAVE

São **Pedro** (pág. 78), Santo **Humberto** (pág. 149).
Santa **Marta** (pág. 87) leva algumas chaves presas no cinto.
São **Fernando** (pág. 174).

UTENSÍLIOS DE SAPATEIRO

São **Crispim** (pág. 104).

UMA ESCADA

A escada de **Jacó** (pág. 64) une o céu com a terra.

UM TINTEIRO

São **João Crisóstomo** (pág. 126).

UM ESQUADRO

São **Tomé Apóstolo** (págs. 82-83).

UM MARTELO

Santo **Elói** (pág. 142) é representado com um martelo e, às vezes, com uma bigorna.

UMA PÁ DE PADEIRO

São **Honorato** (págs. 136-137).

UMA PENA

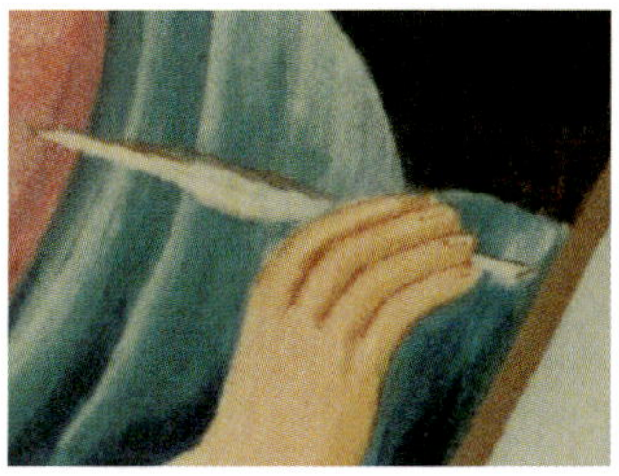

Da boca de São **João Crisóstomo** (pág. 126) sai uma pena dourada.
São **Jerônimo** (pág. 127), Santo **Anselmo de Canterbury** (pág. 174), São **João Evangelista** (pág. 86).

UMA SERRA

São **José** (pág. 87) é representado com uma serra e, às vezes, com uma escova de carpinteiro.

UM OBJETO MARINHO OU QUE EVOCA O MAR

UMA ÂNCORA

São **Nicolau** (págs. 118 e 185), Santa **Rosa de Lima** (pág. 182), São **Clemente** (instrumento de seu martírio) (pág. 111), São **Judas** (pág. 77).

UM BARCO OU UM BATEL

São **Florentino** (pág. 125), Santa **Marta** (pág. 87), Santo **Hilário** (pág. 119).

Um batel: **Noé** (pág. 62), Santa **Úrsula** (pág. 99), São **Nicolau** (págs. 118 e 185), São **Julião, o Hospitaleiro** (pág. 174), São **Judas** (pág. 77).

UMA CONCHA
(SÍMBOLO DOS PEREGRINOS)

São **Tiago Maior** (págs. 82 e 84), São **Roque** (pág. 165).

UMA REDE
(LEMBRANDO O OFÍCIO DE PESCADOR)

Santo **André** (págs. 78-79 e 185), São **Pedro** (pág. 78).

UM INSTRUMENTO DE MÚSICA OU QUE FAZ BARULHO

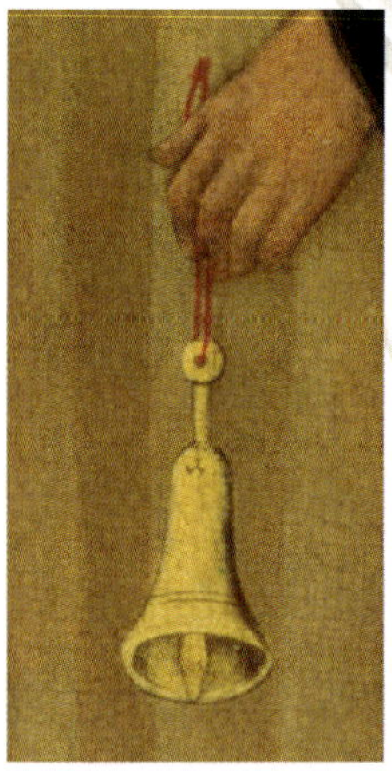

UMA SINETA

São **Paulo Aureliano** (pág. 136) é representado com um peixe de cuja boca sai uma sineta.
Santo **Antônio Abade** (págs. 121- 122).

UMA HARPA OU UM ÓRGÃO

Davi (págs. 66-67), Santa **Cecília** (págs. 92-93).

NOTAS MUSICAIS

São **Gregório, o Grande** (pág. 136).

UMA TROMPA DE CAÇA

São **Humberto** (pág. 149), Santo **Eustáquio** (págs. 91 e 185).

UM SIGNO QUE EVOCA A MORTE E A SEPULTURA

UMA CAVEIRA

São **Bruno** (pág. 157).

UM OBJETO QUE EVOCA OS ASTROS OU A ASTRONOMIA

ESTRELAS

Uma estrela guia os **Reis Magos** (págs. 73 e 185).
Sete estrelas formam um nimbo ao redor de São **Bruno** (págs. 157).

A LUA

Santa **Maria** (pág. 75) tem a lua a seus pés.

O SOL

Santa **Maria** (pág. 75) leva um sol como manto.
São **Tomás de Aquino** (pág. 169) mostra um sol no peito ou na mão.

FEIXES DE LUZ DE DESCEM DO CÉU

São **Severino** (pág. 139).

RECIPIENTES DIVERSOS

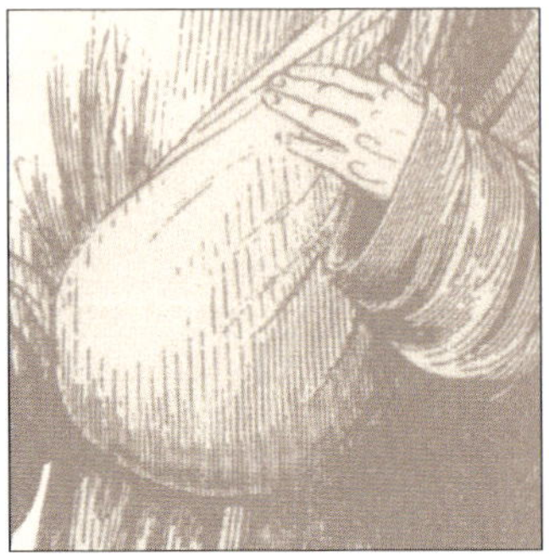

UMA BOLSA

Santo **Ivo** (pág. 170) porta uma bolsa com provisões.

UMA CISTERNA

José, o Patriarca (pág. 65).

UMA CESTA

Moisés (pág. 65) é encontrado dentro de uma cesta.

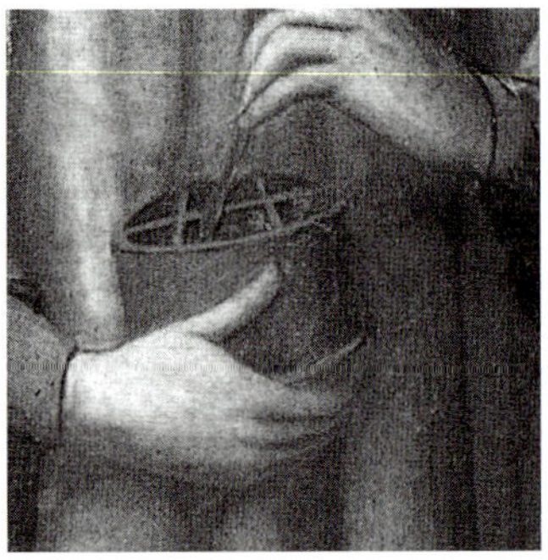

UM POTE OU UM JARRO

Pote farmacêutico: **Rafael** (pág. 71).
São **Cosme** e São **Damião** (pág. 102) levam um pote nas mãos.

ELEMENTOS DECORATIVOS

UMA BANDEIROLA

Santa **Mônica** (pág. 138) leva uma bandeirola com o nome de Jesus.
O arcanjo **Gabriel** (pág. 59) leva uma bandeirola onde está escrito *Ave Maria gratia plena.*
São **João Batista** (págs. 76-77): *Ecce Agnus Dei.*

São **Gregório, o Grande** (pág. 136): *Ora pro nobis, Deum.*
São **Francisco de Assis** (págs. 162 e 164): *Deus meus omnia.*
São **Bruno** (Pág. 156-157): *O Bonitas.*
Santa **Teresa d'Ávila** (pág. 178 e 180): *Misericordias Domini in aeternum cantabo.*

UMA BANDEIRA OU UM ESTANDARTE

O estandarte aparece freqüentemente. Os reis canonizados levam, muitas vezes, o estandarte de seu país. Como São **Fernando** (pág. 174). É o símbolo de conquista nos fundadores de ordens, como Santo **Inácio de Loyola** (pág. 177).
Alguns estandartes são peculiares:
– cruz branca em forma de trevo: São **Maurício** (pág. 97).
– branco com cruz vermelha: São **Jorge** (págs. 116-117).
– ornado com uma roda: São **Vitor** (pág. 111).
– marcado com uma cruz em forma de flor de lis ("de Calatrava"): **São Tiago Maior** (págs. 82 e 84).

UMA ESFERA OU UM OBJETO ESFÉRICO

Uma esfera luminosa ou em chamas eleva-se por cima de São **Francisco de Sales** (págs. 182-183) e de São **João da Cruz** (pág. 180).
São **Vito** segura uma esfera, Santa **Tecla** (pág. 111) carrega uma bola de fogo.

UM ESPELHO

Santa **Maria Madalena** (pág. 88).

OUTROS OBJETOS
VEJA TAMBÉM "VESTIDOS"

UM LENÇO

Um lenço com a efígie de Cristo: Santa **Verônica** (pág. 89).
Santa **Águeda** (pág. 98) abafa um incêndio com um véu.

UM LIVRO

Os quatro evangelistas: São **Mateus** (págs. 81 e 84), São **Marcos** (pág. 85), São **Lucas** (pág. 85) e São **João** (pág. 86).
Os Doutores da Igreja*, como São **Alberto Magno** (pág. 168).
Os fundadores de ordens monásticas:* São **Bruno** (pág. 157), São **Bernardo** (pág. 160).
Santa **Brígida** (pág. 171) da Suécia, São **Beda** (pág. 151) e São **Julião** de Toledo (pág. 151).
São **Lamberto** (pág. 146) leva um livro dentro de uma bolsa.

UM PÃO

São **Felipe** (pág. 77), São **Honorato** (págs. 136-137).
Melquisedeque (pág. 71), pão oferecido.
Um pão que se transforma em rosas: Santa **Isabel da Hungria** (pág. 164).
Um anjo entrega um pão ao profeta **Elias** (pág. 67).
Santa **Genoveva** (pág. 131) distribui pães.
Três pães: Santa **Maria Egipcíaca (Maria, a Egípcia)** (pág. 138).
O cachorro de São **Roque** (pág. 165) leva um pão na boca.

UMA TOCHA

São **Teodoro** (pág. 138).

A representação dos santos na arte

A iconografia cristã não começou a verdadeiramente se desenvolver até que o cristianismo se convertesse em religião oficial do Império Romano no século IV. As sepulturas que pudessem recordar os deuses romanos foram proibidas nas igrejas e somente passaram a ser aceitas aquelas pinturas murais e mosaicos que representassem o essencial: a glória de Deus expressada de uma maneira simples e clara.

Pelo ano de 745, os iconoclastas (destruidores de imagens) predominavam no Oriente e sua discordância com o papa a respeito da representação de imagens foi uma das principais causas do cisma da igreja ortodoxa. Seus adversários, que um século mais tarde assumiram o poder, consideravam o contrário; que as imagens eram sagradas e obrigaram os artistas a adotar modelos preestabelecidos e hieráticos.

A arte cristã do Ocidente, entre os anos 500 e 1000, embora conservasse tradições da antiga, foi influenciada pela arte primitiva dos invasores bárbaros, procurando, porém, acima de tudo, comunicar a letra e o espírito da história santa e as emoções que esta suscitava (principalmente nos manuscritos e nos afrescos).

Quando no século IX apareceu no Ocidente a arte romana, as grandes igrejas foram decoradas com esculturas (principalmente os pórticos), procurando plasmar uma expressão eficaz do sobrenatural.

O estilo gótico (desde fins do século XII até o século XV) trouxe uma nova visão: as catedrais com suas elevadas abóbadas, seus dourados e vitrais, permitiam aos fieis uma visão antecipada do reino de Deus. As esculturas mais leves estão cheias de vida e exibem graciosas roupagens, facilmente identificáveis. Embora o escultor conceda uma importância primordial à mensagem que deseja transmitir, a partir do século XIII, para ser mais convincente, ele imita cada vez mais as convenções da arte grega. O mesmo acontece com os pintores, cuja tarefa principal continua sendo a de ilustrar com afrescos, que tendem a desaparecer ao serem substituídos por vitrais.

Entretanto, na Itália, Giotto renova a arte do afresco, conseguindo dar-lhe um efeito tridimensional. Além disso, os grandes artesãos góticos do século XIV nos legaram maravilhosas estatuetas de marfim e metal.

Com o Renascimento (fins do século XV e século XVI) surge nos pintores e escultores o desejo de representar a natureza em seus mais mínimos detalhes,[1] primando pela beleza, potência e harmonia. A imprensa substitui as miniaturas pelas gravuras.

A arte clássica dos séculos XVII e XVIII busca reencontrar os ideais gregos, privilegiando o movimento, enquanto nos países germânicos, a tendência para a exuberância desemboca no estilo rococó, que estende a outros países europeus.

Os períodos seguintes, particularmente o Romantismo, tendem a dar importância à expressão de sentimentos e paixões.[2]

1. As leis da perspectiva e os detalhes da anatomia são redescobertos. A arte antiga volta a ser estudada.
2. Deve-se mencionar também , a partir do século XIX, o estilo chamado de "São Sulpício", com estátuas de gesso, muito coloridas e triviais.

SINAIS

Notamos um sinal na própria pessoa do santo. Esse sinal afeta:

A cabeça ou o pescoço (pág. 40)

Os braços ou as pernas (pág. 41)

O resto do corpo (pág. 41)

A CABEÇA OU O PESCOÇO

A TESTA

Durante o batizado de São **Domingos** (págs. 162-163) aparece uma estrela em sua testa.
Da testa de **Moisés** (pág. 65) saem uns apêndices que representam o esplendor de Deus.
A testa de Santa **Rita** (pág. 173) apresenta uma chaga.
Um machado parte o crânio de São **Tomás Becket** (págs. 160-161) e de Santo **Antolim** (pág. 138).

OS OLHOS

Os olhos arrancados e a língua cortada: São **Leodegário** (pág. 145).
Os olhos nas mãos ou sobre uma bandeja: Santa **Lúcia** (pág. 109).
Santa **Otília** (pág. 147), cega, recupera a visão durante seu batizado*. Dos olhos de São **Hugo de Grenoble** (pág. 157), Santa **Maria Madalena** (pág. 88), São **Pedro** (pág. 78) e São **Justo** (p.138) caem lágrimas.
São **Bráulio** ficou cego (pág. 138).

A CABEÇA

São **Dionísio** (págs. 102-103) e Santa **Quitéria** (pág. 139) seguram suas cabeças entre as mãos.

A cabeça de São **João Batista** (págs. 76-77) aparece sobre uma bandeja.
São **Basílio** (págs. 120-121) usa uma barba longa e pontiaguda.
São **Paulo** (págs. 86 e 162) e São **Francisco de Sales** (págs. 182-183) normalmente são representados calvos.
São **João Maria Vianney**, padre d'Ars (pág. 186), tem cabelos compridos.

A BOCA

São **Bruno** (págs. 157) e São **Romualdo** (pág. 174) fecham a boca com um dedo.
A boca de São **Raimundo** (pág. 169) está fechada com um cadeado.

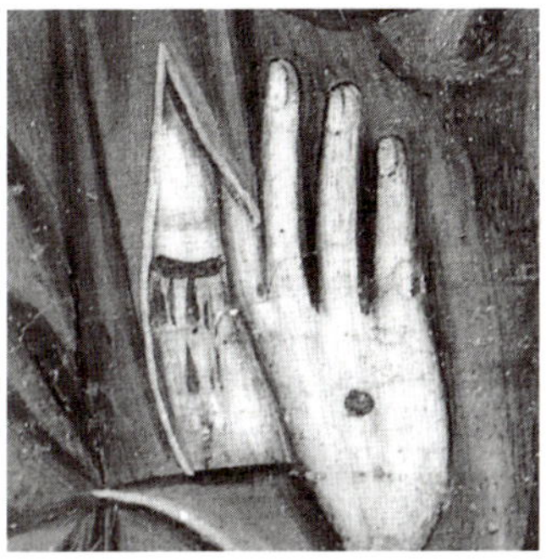

OS BRAÇOS OU AS PERNAS

ESTIGMAS*

Santa **Brígida da Suécia** (pág. 171), Santa **Catarina de Siena** (pág. 172) e São **Francisco de Assis** (págs. 162 e 164).

O RESTO DO CORPO

Santo **Estanislau** (pág. 156) abre sua batina* e de seu peito saem chamas.
Gotas de cera caem sobre Santa **Brígida da Suécia** (p. 171).
Se o personagem tem asas, é um anjo (ver "Anjos", pág. 58); **Gabriel**, por exemplo.
Santo **Agostinho** (pág. 129) e **São Francisco de Sales** (págs. 182-183) têm em suas mãos um coração em chamas.

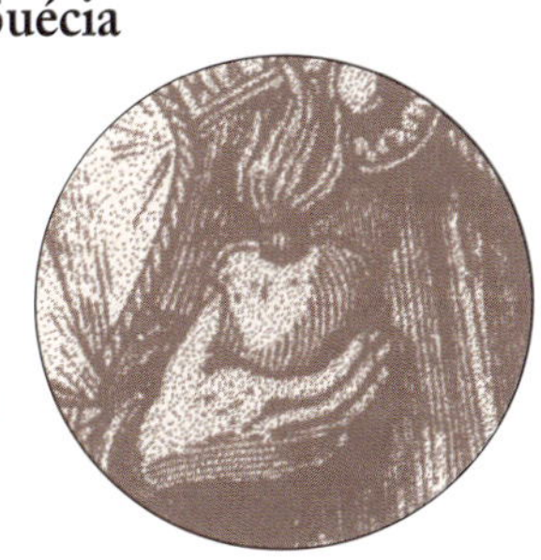

Observemos os hábitos do santo.
Geralmente não são determinantes, mas podem ajudar na identificação.

Sua cabeça está coberta por uma tiara* (pág. 42)
Usa um báculo* (pág. 42)
Usa um hábito sacerdotal (pág. 43)
Usa um hábito de diácono* (pág. 44)
Usa um hábito de cardeal* (pág. 44)
Usa um hábito de monge (pág. 44)
Usa o uniforme específico de uma profissão (pág. 46)
Usa uniforme militar (pág. 46)
Usa vestes muito peculiares (pág. 47)

TEM A CABEÇA COBERTA POR UMA TIARA*

Trata-se de um papa*.
São **Gregório Magno** (pág. 136), São **Silvestre** (pág. 115), São **Clemente** (pág. 111), São **Júlio** (pág. 124).

USA UM BÁCULO

Aqui o bispo também leva um pálio*, o que demonstra sua condição de bispo.

Caso use também uma mitra, trata-se de um bispo*; se usa o báculo apenas trata-se de um abade* ou padre superior de um mosteiro. Muitos bispos e abades foram canonizados*.
A constatação de uma mitra* e de um báculo na representação

de um santo não será de grande utilidade para identificá-lo. Procuremos, então, outro sinal junto ao santo ou na decoração, que possa nos ajudar.

Entretanto, salientamos:
Aarão (pág. 71), que usa a mitra* dos dignitários hebreus.
São **Brás** (p. 113), que domestica os animais selvagens.

Os abades têm geralmente a parte curva do báculo dirigida para o interior, enquanto os bispos a têm voltada para o exterior. Além disso, a voluta do báculo está normalmente virada para o interior ou exterior conforme o bispo se encontre fora ou dentro de sua diocese*.

São **Gil** (págs. 148-149), São **Roberto** (pág. 158),
Santo **Afonso** (pág. 151) e São **Basílio** (pág. 120-121) são abades.
Santa **Otília** (pág. 147) e Santa **Gertrudes** (pág. 142)
são abadessas.

VESTEM UM HÁBITO SACERDOTAL
CASULA*, BATINA*, SOBREPELIZ*...

São **Felipe Néri** (pág. 182) usa uma casula*.
São **Luiz Gonzaga** (pág. 181) usa uma sobrepeliz*.
São **Valentim** (pág. 101), Santo **Ivo** (pág. 170), Santo **Inácio** (pág. 177), São **Francisco Xavier** (pág. 177), São **Vicente de Paulo** (pág. 184-185), o **Padre d'Ars** (pág. 186), São **João Bosco** (pág. 190).

Os religiosos jesuítas usam vestes iguais às dos sacerdotes (túnica preta).

USA UM HÁBITO DE DIÁCONO*
DALMÁTICA*

Aqui está representado um diácono vestido com a tradicional dalmática* e os manípulos* nos braços. Atualmente as vestimentas do diácono incluem uma alva com capelo e uma estola* sobre o ombro esquerdo.

São **Estevão** (pág. 89), São **Lourenço** (págs. 100 e 155), São **Vicente, o Diácono** (pág. 109).

USA UM HÁBITO DE CARDEAL

São **Jerônimo** (pág. 127) é, às vezes, representado com chapéu cardinalício. São **Boaventura** (pág. 167).

USA UM HÁBITO DE MONGE*
TÚNICA COM CAPUZ

TODO BRANCO

É um cartuxo. São **Bruno** (págs. 156-157), ou um premonstratense.

TODO PRETO

É um beneditino. São **Benito** (págs. 133 e 162), São **Beda** (pág. 151). Os jesuítas são representados também de preto, com seu hábito talar.

TODO MARROM
TÚNICA COM CORDÃO DE TRÊS NÓS E CAPUZ

É um franciscano (a ordem dos franciscanos se divide em ordens de irmãos menores: capuchinhos, cordeleiros e recoletos). São **Francisco de Assis** (págs. 162 e 164), Santa **Clara** (pág. 166), Santo **Antônio de Pádua** (pág. 165).

TÚNICA BRANCA E CAPA PRETA

É um dominicano. São **Domingos** (págs. 162-163), São **Tomás de Aquino** (pág. 169), Santa **Catarina de Siena** (pág. 172), Santo **Alberto Magno** (pág. 168).

TÚNICA E CAPUZ BRANCOS COM AVENTAL PRETO

É um cisterciense. São **Bernardo** (pág. 160), São **Roberto de Molesme** (pág. 158).

TÚNICA MARROM E CAPUZ PRETO

É um carmelita. São **João da Cruz** (pág. 180).

TÚNICA BRANCA SOB CAPA PRETA, PRESA POR UM CINTO DE COURO

É um agostiniano. Muitas ordens masculinas e femininas têm seguido a regra de Santo Agostinho, especialmente os hospitalares, os mercedários, as filhas da caridade (vestidas de cinza), as religiosas de Santa **Brígida** (pág. 171) (Ordem do Santo Salvador), e outras. Santa **Marina** (pág. 149) fez-se passar por monge.

Desenhos de C. Pénicaud

Cartuxo Beneditino Franciscano Dominicano Cisterciense

O sacerdote veste-se de forma diferente de acordo com a liturgia.* Usa a tradicional batina* preta com uma sobrepeliz e uma estola,* símbolo de seu poder, em volta do pescoço. Para celebrar a missa, o sacerdote deve, em princípio, como antigamente, usar a casula, uma espécie de capa que lhe cobre as costas e o peito. Atualmente, usa a alva com capelo, uma longa túnica branca com mangas compridas, sobre a qual põe a estola. Não costuma usar sobrepeliz* de fazenda e nem o roquete de renda, uma indumentária que chega até os joelhos. Até pouco tempo atrás, os sacerdotes usavam normalmente batinas, uma longa túnica preta. Cobriam a cabeça com um barrete*. Atualmente considera-se suficiente usar uma roupa de clérigo ou, apenas, um crucifixo sobre a roupa normal.

USA O UNIFORME ESPECÍFICO DE UMA PROFISSÃO

MÉDICO

São **Cosme** (pág. 102).

SAPATEIRO

São **Crispim** (pág. 104).

JARDINEIRO

São **Mauro** (pág. 133), São **Ricardo** (pág. 167), São **Vicente, o Diácono** (pág. 109).

USA UNIFORME MILITAR

Santa **Joana D'Arc** (págs. 172 e 185).

SOLDADO ROMANO

São **Alexandre** (pág. 93), Santo **Eustáquio** (págs. 91 e 185), São **Marcelo** (pág. 105), São **Martim** (págs. 124-125 e 185), São **Maurício** (pág. 97), São **Jorge** (págs. 116-117) a cavalo, São **Florentino** (pág. 125), São **Teodoro** (pág. 138), São **Hipólito** (pág. 111), São **Vitor** (pág. 111), Santo **Expedito** (pág. 128) e Santo **Anastásio** (pág. 111).

USA UMA ROUPA MUITO ESPECIAL

DEPORTADO

São **Maximiliano Kolbe** (pág. 190).

PELE DE ANIMAL

São **João Batista** (págs. 76-77), **Elias** (pág. 67).

EREMITA

Santa **Maria Madalena** (pág. 88), Santa **Rosália** (pág. 159), Santa **Maria, a Egípcia** (pág. 138).

BARRETE FRÍGIO

São **Zacarias** (pág. 74), os **Reis Magos** (págs. 73 e 185).

VESTIDOS DE IMPERATRIZ

Santa **Helena** (pág. 114), Santa **Adelaide** (pág. 153), Santa **Matilde** (pág. 174) e Santa **Olga** (pág. 151).

VESTE DE PEREGRINO

Rafael (pág. 71), São **Tiago Maior** (págs. 82 e 84), São **Roque** (pág. 165), São **Cristóvão** (pág. 97), Santa **Sabina** (pág. 111), Santo **Hilário** (pág. 119).

TÚNICA DE ANJO

Rafael (pág. 71), **Gabriel** (pág. 59), São **Miguel** (págs. 60-61 e 155).

CAPA

São **Martim** corta sua capa (págs. 124-125 e 185).

Ao observar o entorno do santo, notamos que há outro personagem a seu lado (anjo, pessoa...), que o santo está numa atitude peculiar (rezando, atravessando um rio...), ou que seu entorno é um local específico (túmulo...). Procuremos numa das seguintes categorias:

Um anjo está próximo do santo (pág. 48)
Há um demônio (pág. 49)
Há um menino (pág. 49)
Santa Maria está presente (pág. 50)
Um ou vários homens aparecem para o santo (pág. 50)
O santo adota uma atitude específica (pág. 51)
Um símbolo da decoração (pág. 53)

UM ANJO ESTÁ PRÓXIMO DO SANTO

UM ANJO LHE LEVA COMIDA

O anjo leva a hóstia* para São **Estanislau** (pág. 156).
O anjo leva pão para **Elias** (pág. 67).

OUTRAS AÇÕES DOS ANJOS

O anjo Rafael guia **Tobias** (págs. 68-69).
Um anjo afunda uma flecha no coração de Santa **Teresa d'Ávila** (pág. 178).
Um anjo conduz o barco de São **Florentino** (pág. 125).
Um anjo acende a vela apagada de Santa **Genoveva** (pág. 131).
Três anjos visitam **Abraão** (pág. 62-63).
Um anjo leva as tábuas para São **Cirilo** (pág. 138).
Um anjo indica o caminho para Santa **Quitéria** (pág. 139), que leva a cabeça nas mãos.

HÁ UM DEMÔNIO

São **Bernardo** (pág. 160), Santo **Antônio Abade** (págs. 121-122)
Santo **Elói** agarra com alicate um demônio (pág. 142).

HÁ UM MENINO

CLARAMENTE SE TRATA DO MENINO JESUS

Está nos braços de Santa **Maria** (pág. 75), de São **José** (pág. 87) e de Santo **Antônio de Pádua** (pág. 165).
Ajuda a São **José** (pág. 87) em seu trabalho.
Brinca com São **João Batista** (págs. 76-77).
Atravessa um rio nos ombros de São **Cristóvão** (pág. 97).

É OUTRO MENINO

Uma menina, Santa **Maria**, está perto ou nos joelhos de Santa **Ana** (págs. 74 e 185), sua mãe.
Santa **Berta** (pág. 147) está acompanhada pelas suas duas filhas.
São **Valentim** (pág. 101) cura ou ressuscita um menino.
São **Vicente de Paulo** segura uma criança nos braços (págs. 184-185)
São **Nicolau** (págs. 118 e 185) ressuscita a três meninos, da mesma forma que São **Cláudio** (pág. 146).
São **Quirico** (pág. 105) é um menino ou um adolescente.
São **Brás** (pág. 113) cura um menino que tinha uma espinha na garganta.
Santa **Marina** (pág. 149) esta representada junto com um menino que lhe é erroneamente atribuído.
São **Felipe Néri** (pág. 182) está rodeado por muitos meninos.
O menino **Isaac** está a ponto de ser sacrificado por **Abraão** (págs. 62-63).
São **Justo** e São **Pastor** (pág. 106) são meninos.

SANTA MARIA ESTÁ PRESENTE

Perante Santa **Catarina Labouré** (p. 188), saem raios de luz de suas mãos.
Dá um rosário a São **Boaventura** (pág. 167) e um escrito a São **Teófilo** (pág. 94). Aparece a Santa **Bernardete** (págs. 188-189) e a Santo **Anselmo** (pág. 174).

UM OU VÁRIOS HOMENS APARECEM PARA O SANTO

QUEM APARECE É JESUS OU UM SANTO

Jesus aparece para Santa **Catarina de Siena** (pág. 172), Santa **Brígida da Suécia** (pág. 171), São **Francisco de Assis** (págs. 162 e 164).
Jesus crucificado aparece para Santa **Rosa de Lima** (pág. 182).
Jesus mostra suas chagas a São **Tomé Apóstolo** (págs. 82-83).
Jesus coloca um colar no pescoço de Santa **Teresa d'Ávila** (págs. 178 e 180).
Jesus põe um anel no dedo de Santa **Joana de França** (pág. 173).
Jesus ressuscitado aparece a Santa **Maria Madalena** (pág. 88).

HÁ UM HOMEM DEITADO AOS PÉS OU DEBAIXO DELES

O homem caído diante do santo ou pisado por ele, representa a heresia, a idolatria ou um perseguidor de cristãos. Santo **Ambrósio** (pág. 123), Santo **Tomás de Aquino** (pág. 169).

RESSUSCITA UM HOMEM

Santo **Antônio de Pádua** (pág. 165) ressuscita um homem.

CURA DE ENFERMOS

São **Roque** (pág. 165) e São **Carlos Borromeu** (pág. 181) curam os atingidos pela peste.
São **Severino** (pág. 139) cura um enfermo.

OS POSSUÍDOS RECOBRAM A RAZÃO

São **Francisco de Assis** (págs. 162 e 164), São **Melânio** (pág. 139).

AJUDAM OS CONDENADOS ÀS GALÉS

São **Vicente de Paulo** (pág. 184-185).

HÁ UM OUTRO HOMEM

São **Francisco Xavier** (pág. 177) leva um hindu nos ombros.
São **Martim** (págs. 124-125 e 158) entrega a metade de sua capa a um indigente.
São **Tiago Maior** (págs. 82 e 84) ampara um enforcado.
São **Luis Gonzaga** (pág. 181) leva nos braços um doente de peste.
Santa **Matilde** (pág. 174) e Santa **Edite** (pág. 174) dão esmolas.

O SANTO ADOTA UMA ATITUDE ESPECÍFICA

O SANTO REZA AJOELHADO OU DE PÉ

A súplica se torna mais cativante: Santa **Clara** (pág. 166), Santa **Teresa d'Ávila** (págs. 178 e 180), São **João da Cruz** (pág. 180), São **Francisco de Assis** (págs. 162 e 164).
Santo **Afonso** levita em êxtase*.
Santa **Sofia** (pág. 111) está perto do túmulo de suas três filhas.
Santo **Isidro** (pág. 159) reza enquanto os anjos lavram a terra.

CELEBRA-SE UM BATIZADO*

São **João Batista** (págs. 76-77) batiza Cristo.
São **Remígio** (págs. 130 e 185) batiza Clodoveu, e São **Silvestre** (pág. 115), o imperador Constantino.
São **Francisco Xavier** (pág. 177) batiza indianos e japoneses.
São **Pedro Claver** (pág. 191) batiza negros.
Santo **Ambrósio** (pág. 123) batiza Santo **Agostinho** (pág. 129).
Santo **Oscar** (pág. 151) batiza o rei Olavo.

UM ARBUSTO

Moisés (pág. 65) diante de um arbusto em chamas.

ANDANDO SOBRE A ÁGUA

São **Jacinto** (pág. 174).

COLOCA UM ANEL NO DEDO

Jesus coloca um anel no dedo de Santa **Joana de França** (pág. 173).
Santo **Edmundo** (pág. 150) recebe um anel de São João.

UMA BATALHA

São **Tiago Maior,** mata-mouros (pág. 82); Santo Ambrósio (pág. 123).

UMA CARROÇA DE FOGO

Elias (pág. 67) é transportado para o céu numa carroça de fogo, **Ezequiel** (pág. 71).

UM SERMÃO

São **Plácido** (pág. 139) prega veementemente.

UMA VISÃO QUE APARECE NUM SONHO

Sete estrelas aparecem a São **Hugo de Grenoble** (pág. 157).
Daniel (pág. 70) interpreta os sonhos de Nabucodonosor.

UM SÍMBOLO NA DECORAÇÃO

UMA FONTE OU UM MANANCIAL

São **Paulo Aureliano** (pág. 136).
São **Magim** (pág. 99).

UM EREMITA OU UMA CABANA

São **Gil** (págs. 148-149), Santo **Antônio Abade** (págs. 121-122), São **Bruno** (págs. 156-157), São **Cláudio** (pág. 146), São **Jerônimo** (pág. 127), Santa **Maria Madalena** (pág. 88).

UM BARCO OU UM BATEL

Santa **Anastácia** (pág. 121) foge de seus perseguidores num barco.
Santa **Adelaide** (pág. 153) foge num barco.

UM INCÊNDIO

Santa **Águeda** (pág. 98) detém com véu uma avalanche de lava.
Santa **Gertrudes** (pág. 142) apaga o incêndio em seu mosteiro.
Santa **Bárbara** (pág. 95) detém as chamas, bem como São **Florian** (pág. 139), Santo **Inácio de Loiola** (pág. 177).

UMA COLUNA

São **Simeão, o Estilita** (pág. 130) está no alto de uma coluna.

UMA FOGUEIRA

Santa **Joana D'Arc** (págs. 172 e 185) morre na fogueira.
A fogueira de Santa **Eulália** é extinta pela neve.

UMA GRUTA OU UMA CAVERNA

Santa **Maria** aparece a Santa **Bernadete** (págs. 188-189) numa caverna.
São **Patrício** (pág. 131) está diante de uma caverna que espele fumaça.

UMA TORRE

Santa **Bárbara** (pág. 59) foi enclausurada numa torre.

VIDA E LENDAS DE SANTOS

Capítulo I

O TEMPO DOS PATRIARCAS E DOS PROFETAS

Antes da chegada de Cristo

A história da aliança do povo hebreu* com Deus está contada na primeira parte da Bíblia (o Antigo Testamento*). Os cristãos consideram que Jesus Cristo, vindo para salvar todos os homens, é o Messias* anunciado pelo Antigo Testamento; ou seja, aquele que devia salvar e libertar o povo hebreu.

Assim, a Igreja consagrou como santos os personagens que desempenharam um papel no Antigo Testamento, como Noé, os patriarcas* (Abraão, seu filho Isaac, Jacó, José), Moisés e Davi, todos os quais, de um modo ou outro, prefiguraram Jesus Cristo ao guiar o povo hebreu. O mesmo fez com os grandes profetas* como Isaías, Jeremias, Ezequiel e Daniel, ou com outros personagens, como Jonas.

Também presta culto* aos anjos,* e aos mais célebres entre eles, como os arcanjos Miguel e Gabriel.

A Trindade, obra de Fernando Yáñez de Almedina. Museu de Belas-Artes, Nimes, França.

A TRINDADE*[1]

"A Trindade designa aquilo que é particular à doutrina cristã: Deus é Amor. Não é solitário como Alá, mas não está dividido como os avatares dos deuses hindus. É de tal forma Amor que é trino, mas esses três são somente um. Deus, o Pai, não está encerrado em si mesmo. É formado por seu Filho, Jesus Cristo, o Verbo, igual em tudo a seu Pai, sem se desagregar nem empobrecer. A terceira "pessoa", o Espírito Santo, igual ao Pai e ao Filho, é a expressão do amor mútuo, perfeito e total, do Pai e do Filho." Essas três "pessoas" são a Santíssima Trindade.

A Trindade está no coração de toda a espiritualidade cristã. Um homem deve ser ao mesmo tempo a imagem das três pessoas da Trindade. À imagem do Pai, deve ser criador de si mesmo e dos demais. À imagem do Filho, deve buscar sempre cumprir com a vontade do Pai, em uma afetuosa dependência que é o oposto à escravidão. À imagem do Espírito Santo, é capaz de viver relações de amor desinteressado. Desse modo, o homem vive de acordo como uma liberdade de oblação que é uma das características da santidade." (de Theo, ed. Fayard)

Aqui, a Trindade é representada por um ancião barbudo (o Pai, com a cabeça coberta pela tiara papal), segurando o Cristo crucificado, com uma pomba (o Espírito Santo). Simbolicamente, a Trindade é representada com um trevo ou um triângulo.

1. Embora não seja um santo, acrescentamos a Trindade a este capítulo que trata dos tempos que precederam à vinda de Cristo à Terra.

Os **anjos** formam um exército.
Anjos, quadro de Ridolfo Guariento.
Museu Cívico de Pádua, Itália.

Os "**serafins**" são reconhecíveis facilmente pelas seis asas.

OS ANJOS*[1]

A Bíblia afirma claramente a existência de seres espirituais que louvam a Deus. Eles intervêm na vida dos homens, iluminando suas opções sem anular sua liberdade, submetidos estritamente a Deus.
A Igreja confirma a existência de "criaturas puramente espirituais que Deus criou para sua glória". Tudo quanto se possa acrescentar forma uma realidade frágil. Isso não impede que tenha aparecido uma crença – sem que se possa falar de uma tradição – e que se tenha estabelecido uma hierarquia: os anjos estão divididos em nove coros, agrupados em três ordens.

Os "**tronos**" ou "**inteligências celestes**" são reconhecidos pela roda que lhes é atribuída.

A primeira ordem compreende três coros que permanecem de pé diante de Deus, de forma contemplativa:
Os serafins, que são representados pintados de cor vermelha e que têm seis asas manchadas;
Os querubins, pintados de cor azul, que têm somente quatro asas;
Os tronos, que, por ser as rodas do carro de Deus, têm a forma de rodas inflamadas, com asas semeadas de olhos.

A segunda ordem, encarregada de governar o universo, compreende:
as dominações, que carregam o cetro e a coroa. Às vezes estão armadas de capacete e espada:
as virtudes, com um livro na mão;
as potências.

A terceira ordem, que fornece os "mensageiros", compreende:
as principalidades, vestidas de guerreiro ou diácono,* que trazem uma flor de lis;
os anjos, simples mensageiros, vestidos de branco, símbolo da pureza, com asas, que geralmente carregam tochas ou incensários. O mais perturbador é, sem dúvida, o que vem reconfortar Jesus no jardim de Getsêmani;
• os arcanjos. São anjos de uma ordem superior. Apenas três

DR

Os **anjos** correntes, como se vê aqui, carregam incensários.

deles têm nome:[2] Miguel "*que é como Deus*" (p. 60); Gabriel "*Deus é forte*", muito célebre porque anunciou a Maria sua maternidade divina (abaixo); Rafael "*Deus cura*" (ver Tobias, p. 68-69). Lutam contra os demônios.

Os anjos caídos, chamados "demônios". Por serem livres, alguns anjos se rebelaram contra Deus e se opuseram a seus projetos. Esse seria o caso de Lúcifer, também chamado Satã, cuja influência estaria na origem do mal.

O anjo da guarda. Uma antiga tradição cristã diz que cada um de nós tem designado um anjo cuja missão é proteger-nos. A Igreja, sem impô-la, respeita essa crença tradicional.

1. Embora os anjos reverenciados como santos sejam exceção, forão acrescentados a este capítulo que se refere aos tempos que precederam a vinda de Cristo à Terra.

2. A Igreja sempre se negou a reconhecer os nomes dos demais: Uriel, Baraquiel, Jeudiel e Zaquiel.

O anjo **Gabriel** é representado ora sozinho, ora em uma de suas missões, em particular anunciando a Maria sua futura maternidade. Detalhe do quadro de Simone Martini, *O Anjo Gabriel*. Museu de Antuérpia, Bélgica.

GABRIEL

O arcanjo Gabriel, como todos os anjos, é um ser puramente espiritual, criatura e mensageiro de Deus. Em hebraico, seu nome significa "Deus é forte". Tem como missão anunciar aos homens certas intervenções de Deus em favor dos homens, e a vinda do Messias (ao profeta Daniel, a Zacarias). Em particular, anuncia a Maria que ela será, se o aceitar, a mãe do Messias; ou seja, de Jesus Cristo (Evangelho de Lucas, cap. 1, versículos 11-38)

PATRONO DOS PROFISSIONAIS DAS TELECOMUNICAÇÕES

MIGUEL

Arcanjo cujo nome significa "que é como Deus", Miguel aparece na Bíblia como aquele que venceu o demônio (Livro de Daniel, Apocalipse de João). É representado freqüentemente no momento de aniquilá-lo com uma lança e uma espada. Está sempre de pé e tem asas, coisa que o distingue de São Jorge, que anda a cavalo e não tem asas. Às vezes, Miguel, protagonista de uma cena do Juízo Final,* está próximo a uma balança onde se pesa a alma de um defunto. Com isso, encontra-se também em combate contra o demônio. O nome desse santo muito popular foi dado a um grande número de localidades e santuários.

PATRONO DOS OFÍCIOS QUE UTILIZAM O CALOR DE UM FORNO E DOS PÁRA-QUEDISTAS.

São **Miguel** e o demônio disputam entre si as almas, no momento de ser pesadas durante o Juízo Final. São Miguel aniquila o demônio. Detalhe do desenho de Alessandro Pampurino, ***Letra "B", envolvendo São Miguel e o Dragão***. Museu Marmottan, Paris.

Noé embarca os pares de animais durante o Dilúvio.
Detalhe de um mosaico da Basílica de São Marcos, Veneza, Itália.

NOÉ

Noé é um patriarca eleito por Deus por ocasião de uma grande catástrofe natural: o dilúvio. Para se salvar, Noé constrói uma grande embarcação, a "Arca", onde refugia toda sua família e um par de animais de cada espécie. Uma pomba que leva um raminho de oliveira anuncia o final do dilúvio. A humanidade pode empreender um novo início. É como uma nova criação. Deus firma com Noé e seus descendentes uma Aliança, cujo símbolo é o arco-íris.

ABRAÃO E ISAAC

Abraão é um patriarca. É o "*Pai de todos os crentes em um Deus único*". Sua figura domina a Bíblia porque marca o início da Revelação (o processo essencialmente verbal pelo qual Deus revela gradualmente aos homens quem é ele realmente). Seminômade, originário de Caldéia, recebe o chamado de Deus, que lhe pede que abandone imediatamente seu país em direção a um destino desconhecido. Abraão obedece.
Ao ver Abraão sofrendo por causa da esterilidade de sua velha esposa Sara, Deus lhe prometeu uma descendência inumerável, assim como a terra (a "Terra Prometida"). Essa descendência não começa com Ismael, filho de sua escrava Agar, mas com Isaac, que Sara dá à luz apesar de sua idade, segundo o prometido por Deus. No entanto, em aparente contradição com sua

Os três anjos do centro, representando a Santíssima Trindade,* confirmam a **Abraão** que Sara lhe dará logo um filho. À esquerda, Sara os ouve e ri. Um servente leva comida aos enviados. À direita, Abraão, geralmente representado com barba branca, se dispõe a imolar seu filho Isaac, mas a mão de Deus, no alto, detém seu gesto. Abaixo, o cordeiro que será sacrificado.

promessa de uma descendência incontável, Deus pede a Abraão que sacrifique o único filho tão ansiado. Apesar de tudo, Abraão obedece e sobe à montanha para sacrificar seu filho. No último instante, Deus detém sua mão. Isaac, salvo, se tornará desse modo um dos antecessores do povo judeu; isto é, dos hebreus estabelecidos na Palestina. A vida de Abraão está cheia de episódios ricos em ensinamentos: o encontro com Melquisedec, a destruição de Sodoma e Gomorra...

Tudo está relatado no primeiro livro da Bíblia, *Gênesis*. Abraão é um dos grandes modelos da fé em Deus.

DR

Outras duas representações de Abraão preparando-se para imolar seu filho Isaac, com a mão de Deus que o deteve e o cordeiro que seria sacrificado em vez de Isaac. À direita, detalhe do quadro de Andrea del Sarto, ***O sacrifício de Isaac***.

As bem-aventuranças[1]

"Vendo a multidão, Jesus subiu à montanha. Sentou-se, e seus discípulos vieram a seu lado.

E tomando a palavra, ensinou-lhes, dizendo:

Bem-aventurados os pobres de espírito, porque deles é o Reino dos Céus.

Bem-aventurados os mansos, porque herdarão a Terra.

Bem-aventurados os que choram, porque serão consolados.

Bem-aventurados os que padecem de fome e sede de justiça, porque serão saciados.

Bem-aventurados os misericordiosos, porque obterão misericórdia.

Bem-aventurados os puros de coração, porque eles verão a Deus.

Bem-aventurados os que buscam a paz, porque serão chamados filhos de Deus.

Bem-aventurados os que são perseguidos pela justiça, porque deles é o Reino dos Céus".

Evangelho de São Mateus,
capítulo 5, versículos 1-10

1. Trata-se de uma das passagens mais célebres dos ensinamentos de Cristo.

O PATRIARCA JACÓ

Era filho de Isaac e Rebeca. Quando jovem, obteve com a cumplicidade de sua mãe a sucessão material e espiritual de seu pai Isaac, que correspondia a seu irmão mais velho Esaú. Obrigado a fugir, teve um sonho famoso: "*Eis que havia uma escada na Terra que subia até o céu. Os anjos de Deus subiam e desciam por ela*". Os degraus significam os graus de espiritualidade. Mais adiante, a caminho de Canaã, teve que lutar toda uma noite contra um anjo. Este lhe daria o nome de "Israel" (forte contra Deus).

Jacó é benzido por Isaac. Essa bênção significava sua nomeação oficial como sucessor de seu pai na liderança de Israel. Detalhe de um quadro de Girolamo da Treviso II, ***Isaac benzendo Jacó***. Museu de Belas-Artes, Rouen, França.

JOSÉ, O PATRIARCA

Décimo-primeiro e penúltimo filho de Jacó, de quem era o favorito, era muito invejado por seus irmãos mais velhos, que tentaram matá-lo. Finalmente venderam-no como escravo. Levado ao Egito, enfrentou muitos problemas e foi injustamente encarcerado até que o faraó reconheceu seu valor. Tornou-se primeiro-ministro, e neste cargo exerceu influência sobre o soberano. Então, reconciliou-se com os irmãos e salvou da fome o povo hebreu. As grandes etapas de sua vida prefiguram as de Jesus.

José, o futuro patriarca, sai ileso da cisterna à qual o lançaram seus irmãos, depois de o atacarem.

Moisés, um ancião com barba, sustenta as Tábuas da Lei. Uma famosa estátua o representa com duas protuberâncias na testa, simbolizando a irradiação de Deus sobre ele. Detalhe do quadro de Joos van Gent e P. Berruguete, ***Moisés com os Dez Mandamentos***, de uma série de retratos de homens ilustres. Galeria Nacional delle Marche, Urbino, Itália.

MOISÉS

Nasceu no século XXIII a.C., no seio de uma família hebréia, quando o povo hebreu estava escravizado no Egito. Sua mãe o pôs num cesto que colocou no leito do Nilo, onde foi recolhido pela filha do faraó, escapando assim da morte que o soberano havia decretado para todos os recém-nascidos hebreus.

Matou um egípcio que estava maltratando um hebreu e teve que escapar do Egito. Deus lhe apareceu em um sarçal que ardia sem se consumir e encarregou-lhe da missão de tirar o povo hebreu do Egito, para que pudesse prestar-lhe culto. Foi preciso uma série de dez trágicos castigos, que não surtiram efeito até o último, para que o faraó consentisse em deixá-los ir embora.

Moisés e o povo hebreu atravessaram o Mar Vermelho, cujas águas milagrosamente se partiram. Esse episódio constitui o ato fundacional do povo judeu. Todo ano, a festividade da Páscoa judaica comemora essa passagem. Moisés guiou os hebreus numa expedição de quarenta anos através do deserto, onde as penalidades e os milagres se sucederam uns aos outros: o "maná" caiu do céu, a água surgiu de uma rocha... É o que se conhece como Êxodo. Apesar de alguns episódios de idolatria (o bezerro de ouro), Deus concretizou sua Aliança com o povo hebreu concedendo a Moisés as Tábuas da Lei no monte Sinai.

Moisés morreu pouco antes de entrar na Terra Prometida.

Davi, à frente de seu exército vitorioso, corta a cabeça de Golias, o gigante filisteu, a quem abateu com sua funda. ***Davi vitorioso sobre Golias***, quadro de Michelangelo Merisi de Caravaggio no Museu do Prado, Madri.

DAVI

Davi era um pastor repleto de talentos, que se tornou o segundo rei de Israel.
Ficou famoso no combate contra o campeão dos filisteus, Golias, a quem abateu com sua funda, à imagem do combate entre Cristo e Satã. Depois dessa vitória, sua crescente popularidade lhe trouxe a inveja do rei Saul, seu protetor. A morte de Saul pôs fim a essa interminável rivalidade e Davi se tornou rei. Apesar de suas faltas e crimes (Betsabé), Davi foi um grande rei. Deixou-se aconselhar por profetas* (Natan) e unificou seu reino ao redor de Jerusalém, a nova capital, para onde mandou transportar a Arca da Aliança*. Escreveu os Salmos, que cantava sendo acompanhado por uma harpa. Prefigurou o Messias*.

Davi, um bom músico, tinha o poder de acalmar as enxaquecas de Saul, o rei de Israel. Detalhe de um órgão do castelo de Versalhes, na França.

ELIAS

Elias, um grande profeta, profetizou ao rei Acab (séc. IX a.C.) que, por culpa do culto idólatra introduzido pela rainha Jezebel, viria uma grande seca. O livro de Reis conta como foi alimentado pelos corvos no deserto, e como o fogo que caiu do céu fez com que triunfasse sobre os sacerdotes de Baal, que pereceram todos. Depois, choveu novamente. Elias foi transportado ao céu em um carro de fogo, diante de seu discípulo e sucessor Eliseu.

PATRONO DA ORDEM DO CARMO*

Elias é normalmente representado como um ancião calvo e barbudo, transportado em um carro de fogo. Às vezes empunha uma espada flamejante, como lembrança de que fez chover fogo do céu. Detalhe de um manuscrito da Escola Flamenca. Museu Condé de Chantilly, na França.

Marinheiros supersticiosos lançam ao mar Jonas, que é imediatamente é tragado por um monstro marinho (uma baleia, tradicionalmente).

JONAS

Deus pediu a Jonas que fosse a Nínive e convertesse seus habitantes. Jonas ficou estupefato e preferiu escapar, fugindo a bordo de uma embarcação. Em meio a uma furiosa tormenta, os marinheiros atiraram Jonas ao mar, convencidos de que ele era o responsável pelo mau agouro. Então foi engolido por uma baleia que o expeliu na praia três dias depois. Depois disso, Jonas obedeceu a Deus. Esta legendária estada no ventre da baleia prefigura o trânsito de Jesus pela morte, antes de ressuscitar.

Depois de haver pregado em Nínive, **Jonas** fica nos arredores para ver o que acontecerá. Então, Deus faz crescer uma planta (a tradição diz que uma mamoneira) para que lhe dê sombra. Isso foi motivo de grande alegria para Jonas (Livro de Jonas, cap. 4).

O jovem Tobias é guiado em sua viagem pelo arcanjo Rafael. Observa-se o peixe que sustenta Tobias. ***Tobias e o arcanjo Rafael***, quadro de Antonio Pollaiolo na Galeria Sabauda de Turim.

O JOVEM TOBIAS

Para recuperar o dinheiro que deviam a seu pai que está cego, Tobias empreende uma longa peregrinação na qual o acompanha o arcanjo Rafael, que, ao regressar, curará seu pai aplicando sobre seus olhos a bílis de um peixe. Esse verdadeiro romance está contado no livro de Tobias do Antigo Testamento.
As provas de Tobias prefiguram a Paixão de Cristo.

Daniel na cova dos leões.

DANIEL

Daniel foi um grande profeta, exilado na Babilônia durante o reinado de Nabucodonosor. Ali, logo foi apreciado por sua capacidade de interpretar sonhos, especialmente os do rei, e textos enigmáticos. Tinha visões de tipo apocalíptico. Em um sonho viu um cordeiro monstruoso. Denunciado pelos que tinham inveja dele, foi atirado à cova dos leões, de onde saiu incólume.

OUTRAS PERSONALIDADES DO ANTIGO TESTAMENTO

AARÃO

Irmão de Moisés. Leva a mitra* dos dignitários hebreus* e um incensário*.

EZEQUIEL

Profeta*; carruagem celeste.

JEREMIAS

Profeta*. Carrega um turbante e um livro. Uma pedra recorda seu martírio.

MELQUISEDEQUE

Sacerdote hebreu e rei. Carrega um cálice ou uma custódia.

RAFAEL

Arcanjo disfarçado de peregrino. Segura um pote de farmácia porque cura o cego pai de Tobias com a bílis de um peixe.

Capítulo II

O TEMPO DE CRISTO

O primeiro século da era cristã

Os Evangelhos (de São João, São Marcos, São Mateus e São Lucas) nos contam a história de Jesus de Nazaré desde seu nascimento em um presépio de Belém, passando pela divulgação de uma nova doutrina, seus milagres*, a fundação da igreja de seus discípulos (Igreja), até sua crucificação e morte em Jerusalém, com sua posterior ressurreição* e ascensão* aos céus. A Igreja reconhece também como santos João Batista, seu primo, que o anunciou (e a mãe de João Batista, Isabel); sua mãe, a Virgem Maria, que ocupa um lugar proeminente entre os santos; São José, seu pai putativo; seus primeiros discípulos, os apóstolos Pedro, André, Bartolomeu, Mateus, Tomás, João, Simão Zelote, Judas, São Tiago Maior, São Tiago Menor e Felipe; seus amigos (Santa Maria Madalena, Santa Marta) e outros diversos personagens que passaram por ele, como os Reis Magos (quando nasceu) e Santa Verônica (durante seu suplício).

Depois da ressurreição e ascensão de Jesus (foi então chamado "Cristo"* ou "Jesus Cristo"), seus primeiros discípulos (chamados cristãos) foram perseguidos pelos judeus de Jerusalém. Santo Estevão, por exemplo, foi apredejado. Os apóstolos, a quem se uniu São Paulo, se dispersaram e começaram sua tarefa de conversão nas comunidades judaicas do mundo mediterrâneo, para depois, sob a influência de São Paulo, dirigir-se aos gentios. Todos os apóstolos (exceto São João) sofreram o martírio*. São Pedro, a quem Cristo havia confiado o governo da Igreja, foi o primeiro papa. Foi martirizado durante as perseguições que Nero desencadeou em Roma, transformada em centro da Igreja.

A representação dos **Reis Magos** aqui é primitiva. A vestimenta é persa, com um gorro frígio, calças e uma túnica curta cingida na cintura. Representam as três idades da vida: o da esquerda representa a maturidade, com uma barba negra. O do meio é imberbe, como um jovem. O da direita tem barba branca, símbolo da velhice. Em outras representações, um é branco, outro é negro e o terceiro é amarelo, ilustrando as três partes do mundo. Às vezes, um deles está ajoelhado. Freqüentemente, andam montados em camelos. Detalhe de um mosaico de São Apolinário Novo, em Rávena.

OS REIS MAGOS

Guiados por "uma estrela milagrosa" (uma conjunção de dois planetas), os Reis Magos foram até o presépio de Belém para adorar Jesus e oferecer-lhe os presentes que eram reservados aos reis: ouro, incenso e mirra. Em um sonho, foram advertidos para não regressarem para avisar Herodes, rei de Jerusalém, como este havia pedido, e voltaram diretamente a seu país. Os Evangelhos mencionam sua visita para simbolizar a presença de intelectuais entre os adoradores do Messias e, sobretudo, o chamado direto aos gentios para seguir Cristo. Cristo veio para salvar todos os homens.
No século III, a tradição os converteu em reis, para diferenciá-los dos "magos"; e, no século IX, aparecem os nomes de Melquior (europeu, simbolizando a idade). Baltazar (africano, simbolizando a maturidade) e Gaspar (asiático, simbolizando a juventude).
A catedral de Colônia, na Alemanha, abriga um relicário muito venerado, com algumas supostas relíquias em seu interior.

PATRONOS DOS VIAJANTES E PEREGRINOS

ANA

Ana é mãe de Maria. Os evangelhos apócrifos contam episódios de sua vida, como seu encontro com Joaquim, futuro pai de Maria. Sua fecundidade é simbolizada com freqüência por um ninho com pássaros. Seu culto é muito difundido na Bretanha. A maior parte das vezes é representada com Maria, criança, a quem instrui com um livro. Outras vezes, aparece acompanhada por Maria e Jesus; e, às vezes, por seu marido, a quem acaba de encontrar em um portal de Jerusalém. Anda vestida tradicionalmente com roupas de cor verde.

Isabel e seu filho (João Batista). Detalhe de um quadro de Alessandro Allori, ***A Virgem e a Criança com Santa Isabel.*** Museu Condé de Chantilly, na França.

Ana instrui Maria, que, tipicamente, segura um livro.

ISABEL

Isabel é prima de Maria. Durante muito tempo, foi estéril. Gabriel lhe anunciou que traria ao mundo um filho, João, que "*estará cheio do Espírito Santo desde o ventre de sua mãe... e andará adiante sob os olhos de Deus*". Na Visitação*, representada muitas vezes, Maria vai visitar Isabel. No decorrer desse encontro, Isabel cumprimenta sua prima e Maria responde, pronunciando com fervor o Magnificat, uma oração de ação de graças: "*Minha alma exalta ao Senhor, e meu espírito se enche de alegria...*"

ZACARIAS

Esposo de Isabel, pai de São João Batista.
É representado com um gorro frígio e com um incensário.

MARIA

Uma aldeã de Nazaré, na Galiléia, Maria é primordialmente aquela que aceita o que Deus lhe pede: tornar-se mãe do Messias*, sendo virgem. O anjo* Gabriel é encarregado de anunciar-lhe essa milagrosa concepção (na Anunciação). Vive castamente ao lado de seu esposo, José. Educam Jesus sem compreender o que está acontecendo (episódio de Jesus, criança, diante dos sacerdotes do Templo). O Novo Testamento sugere e mostra que Maria está ao lado de Jesus durante sua vida pública: por ocasião do primeiro milagre* nas bodas de Canaã, ao pé da cruz... Está com os apóstolos depois da Ressurreição* de Jesus, recebe o Espírito Santo em Pentecostes*. Não conhece a corrupção da morte e é elevada diretamente ao Céu (Assunção*).
O concílio* de Éfeso do ano 431 reconheceu Maria como "Mãe de Deus". Esse concílio condenou a tese de Nestório, que, ao apreciar duas pessoas em Cristo*, deduziu que Maria era unicamente mãe da personalidade humana de Jesus e não mãe de Deus. Maria é também a Imaculada Conceição. "*Maria, em virtude de uma graça excepcional, não conheceu jamais o mal, tendo sido concebida sem estar marcada pelo pecado original. Cheia totalmente do Espírito Santo, jamais recusou a Deus a menor prova de amor*". Esse dogma foi proclamado pelo papa Pio IX em 1854. Maria se denominou a si mesma Imaculada Conceição quando apareceu à pequena Bernadete, que se tornaria santa. Elevada pela graça de Deus a um destino único, Maria continua, no entanto, fazendo parte da nossa humanidade. Não deve ser considerada como uma "deusa"; mas, como a primeira dos resgatados, nela se reconhece um grande poder de intercessão diante de seu Filho. É aceita como mãe da Igreja e de toda a humanidade. Inumeráveis são as representações de Maria. Antes do concílio de Éfeso, Maria era representada correntemente sozinha, em oração. Depois, seria associada a Jesus menino. Na arte

Maria e Jesus. Detalhe do ***Mosaico de Santa Sofia de Istambul***, por Thomas Whittemore.

bizantina, a representação de *Théotokos* (mãe de Deus) adota formas diferentes. As principais são as seguintes. De pé, rezando, com um medalhão no qual está representado Cristo. Erguida, mostra o caminho, com Jesus dando sua bênção. Protetora, estende seu manto, geralmente azul, sobre uma cidade ou sobre os humanos. É também uma mãe cheia de ternura, que apóia a face contra a do menino Jesus ou lhe dá o seio. Sentada, apresenta o Menino Jesus em sinal de vitória.
Na arte ocidental, esses aspectos já mencionados aparecem em diferentes épocas. Antes do Renascimento italiano, existe uma clara influência oriental, o que se traduz em representações um pouco hieráticas. Posteriormente, com os pintores italianos Cimabue e Giotto, as representações se "humanizam" e os temas se ampliam.
Que grande pintor não pintou "sua" Anunciação (Maria e o anjo Gabriel) ou "sua" Virgem com Menino com acessórios os mais diversos (frutas e flores, em especial)? Todos os episódios da vida de Maria foram representados, desde o encontro entre seus pais até a "Dormição" ou a "Assunção", passando pela Virgem em família com José, ao pé da cruz onde Jesus agoniza, acompanhando os apóstolos em Pentecostes... Seus atributos mais correntes são: um lírio, uma coroa que pode ser feita de estrelas, uma serpente ou um dragão sob seus pés.

Maria aqui carrega Jesus nos braços. Este segura um globo terrestre na mão esquerda; com a direita dá sua bênção.

JOÃO BATISTA

Vivia como um asceta nos confins do deserto, onde pregava e batizava as pessoas. Preparou a vinda de Jesus, a quem batizou no início da vida pública deste. No decorrer desse batismo, o Espírito Santo se manifestou em forma de pomba e confirmou a divindade de Jesus. João Batista repreendeu em público o rei Herodes Antipas, que teria mantido uma relação incestuosa, o que levou ao seu encarceramento. Ao fazer uma promessa imprudente a sua sobrinha Salomé, Herodes teve que concordar com a decapitação de João. Este é o último profeta do Antigo Testamento e o "precursor" do Messias.

João Batista é representado com uma simples túnica, ou vestido com peles de animais, segurando um bastão que pode terminar em uma cruz ou decorado com um cordeiro*; freqüentemente segura um galhardete onde está escrito *"Ecce Agnus Dei"* ("Eis aqui o Cordeiro de Deus"); pode ir acompanhado de um cordeiro (que representa Cristo). Também é representado batizando Cristo no Jordão, acontecimento primordial para ambos. Detalhe do quadro de Piero della Francesca, ***O batismo de Cristo***. National Gallery de Londres.

OS APÓSTOLOS

Os apóstolos (ou seja, enviados) foram os doze discípulos principais de Jesus. Cada um foi escolhido pessoalmente por ele, começando por Simão, a quem chamou "Pedra", e seu irmão André; ambos pescadores. Depois vieram outros dois irmãos: São Tiago, chamado "o Maior", e João (Mat., 4, 18-21). João viveu muito tempo, e redigiu o quarto evangelho, três "cartas" e o Apocalipse. Com Felipe, originário de Betsaida; Bartolomeu, associado sempre com Felipe, e de quem se ignora quase tudo; Mateus, o arrecadador de impostos que redigirá o primeiro evangelho; São Tiago, chamado "o Menor"; Tomé, célebre porque insistiu em tocar as chagas antes de acreditar na Ressurreição de Jesus; Judas, chamado também Tadeu; Simão, chamado o Zelote; e Judas Iscariotes, que trairia Jesus, entregando-o a seus inimigos por trinta dinheiros, serão finalmente doze. Depois de seu suicídio, Judas foi substituído por Matias. Ao longo da vida pública de Jesus, os Apóstolos estiveram com ele e atuaram sob sua autoridade. Foram os primeiros missionários e testemunhos particularmente dignos da fé.
Depois de receber o Espírito Santo durante Pentecostes, partiram para evangelizar o mundo e se tornaram todos mártires de sua fé, exceto João, "*o discípulo que Jesus amou*". São Paulo, que não conheceu Cristo, é também chamado "apóstolo", porque contribuiu sem descanso para a evangelização, empreendendo três longos périplos missionários.

Os apóstolos e seus atributos principais

Pedro e as chaves do paraíso. **São Tiago Maior**, como peregrino, com uma concha. **João**, imberbe, segura um cálice do qual sai uma serpente. André, com a cruz de seu martírio. **Mateus**, com o evangelho, segura uma balança de pesar ouro. **São Tiago Menor**, primeiro bispo de Jerusalém, é representado com o pau de bater com o qual foi martirizado no ano 80, e com pães que rememoram o milagre da multiplicação. **Felipe** carrega uma cruz; às vezes é representado com um dragão. **Bartolomeu** segura a faca de seu martírio. **Matias**, o substituto de Judas, com o machado (ou a espada) de seu martírio. **Simão**, com a serra com que o despedaçaram. **Judas**, chamado também Tadeu, e sua maça. **Tomé** com seu esquadro.

Pedro é representado geralmente como um homem robusto, de longos cabelos e barba, que leva uma ou duas chaves (as do Paraíso). Às vezes, é representado um episódio de sua vida; por exemplo, sua negação de Cristo ou, como aqui, Cristo chamando-o. Detalhe do quadro de Philippe de Champaigne, ***O chamado a São Pedro***. Galeria dos Uffizi, Florença.

Santo **André** sobre a cruz em forma de X na qual foi martirizado. São **Francisco de Assis**, ao lado, leva o hábito dos franciscanos com a corda com três nós que simbolizam a Santíssima Trindade*. Detalhe do quadro de El Greco, ***Santo André e São Francisco de Assis***. Museu do Prado. Madri.

PEDRO

Simão estava pescando com seu irmão André, quando Jesus chamou ambos. Ele tem um papel considerável e aparece continuamente nos Evangelhos (a Transfiguração*, a confissão de Cesaréia etc.), onde seu firme caráter se expressa em muitos relatos (a detenção de Jesus). Jesus o nomeia Pedro e o designa como chefe da Igreja. Guarda as chaves do Paraíso, e é representado com elas. Desfaleceu durante a Paixão*: atemorizado, renegou Jesus durante um curto período, tal como este havia profetizado ("...antes que o galo cante três vezes"), e lamentou-se amargamente... Depois da Ressurreição*, exerceu naturalmente grande influência (discurso de Pentecostes*) e atividade. Evangelizou Roma, onde sofreu o martírio de ser crucificado de barriga para baixo. Foi o primeiro papa.

Santo **André** crucificado em uma cruz em forma de X, objeto ao qual o mártir é associado.

ANDRÉ

No princípio, foi discípulo de João Batista. Era irmão de Pedro e, como ele, pescador no Lago de Tiberíades. Ali foi chamado por Jesus, tornando-se assim o primeiro apóstolo. A tradição lhe atribui a evangelização da região grega de Patras. Segundo a lenda, foi crucificado em uma cruz em forma de X (ou em uma árvore fendida), seu atributo.

PATRONO DA ESCÓCIA
E DA RÚSSIA

"Muitos são os chamados..."

O chamado ao serviço de Deus e, mais geralmente, a seguir a Deus, é dirigido a todos. Esse chamado pode adotar formas muito diversas, como uma apelação durante a noite para o profeta bíblico Samuel, quando era uma criança, ou uma interpelação em circunstâncias espetaculares, para São Paulo, quando caiu do cavalo no caminho para Damasco.

A famosa pintura de Caravaggio reproduzida aqui, intitulada *A vocação de São Mateus*, nos diz tudo sobre a irrupção de Deus no mundo; seu chamado e nossas reações a ela.

Cinco pessoas estão sentadas em uma mesa, atarefadas em contar moedas, procedentes sem dúvida do pagamento de impostos, já que São Mateus, o evangelista, era arrecadador deles. Cristo*, acompanhado por São Pedro (que representa a Igreja), aparece na porta, e um raio de luz penetra na estância.

Com um gesto imperativo, Cristo pede a Mateus que o siga.

Mateus, surpreendido, pergunta-se se é a ele a quem se dirige a mensagem, enquanto dois de seus companheiros (os indiferentes) continuam contando as moedas, outro (que reprova a interrupção) toma a espada pela empunhadura e o último, mais jovem (o intelectual), oscila entre a surpresa, a ironia, a aprovação e a censura.

Com qual dos cinco homens o leitor se identifica?

Bartolomeu é representado como um homem velho, com uma faca, instrumento de seu martírio e, às vezes, como ocorre aqui, com a pele no braço ou sobre suas costas. Detalhe de um afresco de Michelangelo Buonarroti, ***O Juízo Final***. Museus Vaticanos, Roma.

Detalhe do quadro de Caravaggio, ***A vocação de São Mateus***. Roma.

BARTOLOMEU

Felipe levou Bartolomeu diante de Jesus, antes chamado Nataniel, que se converteu em apóstolo. A tradição lhe atribui o martírio por esfolamento.

PATRONO DOS
AÇOUGUEIROS E CURTIDORES

SÃO TIAGO MAIOR

Apóstolo de Jesus, foi, com seu irmão João e com Pedro, testemunha da Transfiguração e esteve próximo daquele no jardim de Getsêmani. Foi o primeiro apóstolo martirizado; sua cabeça foi cortada. Existem lendas que dizem que evangelizou a Espanha e foi enterrado em Santiago de Compostela. Geralmente é representado vestido de peregrino, com um grande bastão (o bordão) e a célebre concha de vieira que serve para beber e batizar. Seu milagre mais famoso é o do enforcado retirado da forca.

Aqui se detalha a representação de São **Tiago**.

São **Tomé** põe a mão na chaga de Cristo. Constata assim a presença física de Jesus e, portanto, a realidade de sua ressurreição.

TOMÉ

Tinha um caráter realista, no limite do ceticismo. Por isso, não acreditou na Ressurreição de Jesus até conseguir tocar as chagas das mãos e as costelas do ressuscitado. Então, proferiu um grito de fé: "Meu Senhor e meu Deus!". Freqüentemente é representado nessa cena.
O esquadro é um atributo habitual de São Tomé, em referência à lenda que diz que construiu um palácio na Índia.

A evolução na representação de São Tiago

A representação de São Tiago, um dos santos mais populares na Idade Média evoluiu seguindo as formas que adotou seu culto.
A tumba de São Tiago Maior, pescador (que foi, com seu irmão João, um dos primeiros apóstolos de Cristo*) foi "descoberta" no século IX na Galícia.
Na ocasião foi construída uma igreja, no lugar que se denominaria Santiago de Compostela, que se transformou no terceiro centro de peregrinação, depois de Roma e Jerusalém, mais importante de toda a cristandade. O apóstolo São Tiago se tornou patrono dos peregrinos e da reconquista da Espanha contra os muçulmanos.

Existem três classes de representações do santo:

- Como apóstolo, representado com o instrumento de seu suplício (a espada, já que foi decapitado) e, às vezes, um livro.
- Como patrono dos peregrinos, representado como um deles, com um grande sombreiro, o bordão e uns alforjes marcados com uma concha de vieira (que servia de copo para os peregrinos e era encontrada em abundância nas praias galegas).
- Como patrono da reconquista da Espanha, representado como mata-mouros no lombo de um cavalo branco, portando um estandarte.

DR

Detalhe de um afresco de Carlo Crivelli, ***São Mateus***. San Emidio, Ascoli Picena, Itália.

LUCAS

Lucas é autor do terceiro evangelho e dos *Atos dos Apóstolos*. Uma lenda mais tardia o mostra como retratista de Maria. O animal que o simboliza é o boi (ou o touro), lembrando o início de seu evangelho, que relata os sacrifícios no Templo.

PATRONO DOS PINTORES E DOS MÉDICOS, PROFISSÃO QUE É ATRIBUÍDA A ELE

Lucas é freqüentemente representado escrevendo junto a seu animal simbólico, o touro. Aqui, além disso, aprecia-se o retrato de Maria e de Jesus, já que uma tradição legendária o mostra como um pintor.

MATEUS

Jesus o chamou para que fosse apóstolo, quando exercia o lucrativo cargo de arrecadador de impostos em Cafarnaum. Compôs seu evangelho, dirigido, sobretudo, aos judeus, aproximadamente no ano 80. A tradição o mostra como evangelizador da Etiópia, onde teria sido martirizado.

São **Mateus** é representado segurando um livro e acompanhado de um anjo, que o teria inspirado a redigir seu evangelho.

DR

São **Marcos** redigindo seu evangelho.

MARCOS

Marcos era o nome de um judeu de Jerusalém. Paulo o levou consigo em sua primeira viagem, mas se separaram por motivos que são desconhecidos. Compôs o segundo evangelho, seguindo o relato de Pedro, de quem parece ter sido próximo e com quem viajou a Roma.
O evangelho de Marcos é curto, feito mais de relatos concretos que discursos. Acredita-se que evangelizou Alexandria, onde foi martirizado e enterrado no ano 67. Suas relíquias foram transladadas a Veneza no século IX.

PATRONO DA CIDADE DE VENEZA

DR

São **Marcos** é freqüentemente representado com um livro e com as vestimentas de bispo, já que foi o primeiro bispo de Alexandria. Seu animal emblemático é o leão, ao qual se refere a pregação de João Batista, reproduzida por São Marcos: *"Vox clamavit in deserto"*. Essa voz lembra um leão que ruge. O leão de São Marcos tem asas, o que o diferencia do de São Jerônimo.

JOÃO EVANGELISTA

DR

Foi sem dúvida o apóstolo mais jovem e o mais próximo de Jesus. Assistiu com Pedro e São Tiago Maior à Transfiguração*. Esteve com Jesus no monte das Oliveiras, durante sua tribulação. Quando Jesus estava na cruz, foi a ele que confiou sua mãe. É atribuída a ele a redação do quarto evangelho, três epístolas e o Apocalipse*. Esse último texto foi escrito na ilha de Patmos. Ignora-se tudo sobre sua morte, embora a lenda conte que, quando já era muito idoso, foi lançado em um grande caldeirão de óleo fervente, de onde saiu ileso.

João Evangelista é representado com freqüência redigindo seu evangelho, com seu animal simbólico, a águia (que sobe ao alto do céu como as palavras de João). Também aparece como um homem jovem, com um cálice* de onde sai uma serpente* ou um dragão, cujas interpretações variam. Talvez sejam alusões ao fato de São João ter bebido uma beberagem empeçonhada por uma serpente sem que lhe acontecesse nada.

São **Paulo** geralmente é representado como um homem baixo e calvo. Segura uma espada como representação de seu martírio.

PAULO

Embora não tenha conhecido Jesus, é aceito como apóstolo. Era um judeu de cultura grega nascido em Tarso e naturalizado cidadão romano. Primeiro, foi um perseguidor inflamado de cristãos, mas converteu-se após ser interpelado por Deus e cair do cavalo a caminho de Damasco. Encontrou-se, então, com os apóstolos e discípulos, a quem havia perseguido. Foi um prodigioso evangelizador e organizador de comunidades cristãs. Para isso, empreendeu longuíssimos périplos ao longo das costas mediterrâneas, sofrendo numerosas penalidades (cárcere, açoites, fome, ataques de bandidos...). Foi detido e transladado a Roma para ser julgado pelo imperador, como era seu direito por ser cidadão romano. Encontrou-se novamente com Pedro. Foi decapitado no ano 64, no mesmo dia em que Pedro foi martirizado.

Suas cartas a diversas comunidades cristãs constituem grande parte do Novo Testamento e são uma das bases da doutrina cristã.

José é representado trabalhando a madeira e ensinando o ofício ao menino Jesus, ou com uma ferramenta de carpinteiro. Sua castidade é simbolizada por um lírio.

JOSÉ, pai terreno de Jesus

Marido de Maria, assumiu, sob a inspiração de um anjo, a maternidade divina da mulher, com uma fé que faria dele um modelo de confiança em Deus. É o "pai terreno" de Jesus.

MARTA

Marta, com seus irmãos Maria Madalena e Lázaro, fazia parte de uma família de Betânia, amiga de Jesus. Um dia, repreende sua irmã Maria Madalena para que deixe todo trabalho para ela, enquanto Maria Madalena se contenta em escutar Jesus. Então, Jesus a convencerá que escutar a Palavra é mais importante que preparar comida. A lenda diz que viajou com outras santas mulheres a Marselha, onde afugentou um dragão com água benta (daí suas representações).

Marta é representada como dona de casa, com um molho de chaves na cintura, segurando um recipiente com água benta. Estátua da igreja de Santa Madalena, em Troyes, França.

MARIA MADALENA

A tradição vê Maria Madalena em três mulheres dos Evangelhos: a pecadora que se atira chorando aos pés de Jesus e jorra um frasco de perfume sobre eles, a irmã de Marta, e "Maria de Madala", curada por Jesus, que está ao pé da cruz e será a primeira testemunha da Ressurreição* de Jesus, que diz: "*Não me toques!*".
Segundo a lenda, retirou-se a Sainte-Baume, próximo de Marselha, onde morreu.
É representada com um abundante cabelo despenteado, à imagem de uma prostituta, e com um frasco de perfume ou um espelho.

Detalhe de um tríptico de Carlo Crivelli, ***Santa Maria Madalena***. Em Santa Luzia, Montefiori dell'Aso, Itália.

DR

Santa **Verônica** é representada tipicamente com um lenço sobre o qual aparece a imagem de Jesus. ***Santa Verônica com o sudário de Cristo***. Alte Pinakothek, Munique.

VERÔNICA

Sua vida está envolta em lenda e ligada à Paixão de Jesus Cristo. Quando este subia ao Gólgota, onde foi crucificado, caiu ao solo. Então, uma mulher se aproximou dele e secou-lhe o rosto, que ficou impresso no lenço. A devoção popular a essa mulher, denominada Verônica (*vera icona*), foi imensa.

ESTÊVÃO

Estêvão, "*homem cheio de fé e do Espírito Santo*", foi escolhido para ajudar aos discípulos. Foi o primeiro diácono*. Cheio de graça, resplendor divino e discernimento, atraiu a cólera das autoridades religiosas judias, que levantaram falsos testemunhos contra ele e o condenaram a ser apedrejado.
Foi o primeiro mártir.

Santo **Estêvão** é representado como um diácono imberbe, padecendo seu martírio. Às vezes segura um livro ou uma pedra, recordando o suplício. Detalhe do quadro da Escola Francesa, ***Apedrejamento de Santo Estêvão***. Igreja de São José, Paris.

Capítulo III

O TEMPO DOS MÁRTIRES

Os séculos II e III da era cristã

Após as perseguições do tempo de Cristo*, sob os imperadores romanos Nero e Domiciano, desde o final do século I até a chegada do imperador Constantino no ano 313, houve 123 anos de sofrimento, durante os quais os cristãos foram perseguidos. Seu ideal, baseado nos ensinamentos de Cristo, estava em contradição com o da sociedade pagã romana (presa da idolatria*, da imoralidade e da descrença) e, sobretudo, com o culto* ao imperador, uma das características da religião do Império romano.

Muitos mártires* morreram em meio a suplícios espantosos na Gália (São Saturnino, São Alexandre, São Dionísio, São Quintin), no Egito (Santa Apolônia, Santa Catarina de Alexandria), na Suíça (São Maurício), na Alemanha (Santa Úrsula), na Itália (Santa Águeda, São Sebastião, São Valentim, São Lourenço, Santa Luzia, Santa Inês, São Vitor), na Grécia (Santa Irene), na Síria (São Cosme), na Espanha (São Vicente, o Diácono), na Palestina (São Jorge) e em muitos outros lugares.

No entanto, durante esse período, a religião cristã, com sua boa nova (Deus ressuscitado está presente, Deus nos dá uma mensagem de amor, Deus nos pede que combatamos a miséria e a injustiça), continuou sendo implantada em todo o Império romano.

São **Eustáquio** é representado como um militar que caça um cervo que tem uma cruz entre os chifres.

EUSTÁQUIO (+ por volta de 118)

A vida desse general romano é legendária. Enquanto estava caçando, o cervo a que perseguia se virou para ele ostentando uma cruz luminosa entre os chifres. Eustáquio pediu para ser batizado com toda sua família. O cervo profetizou grandes desgraças que, efetivamente, se abateram sobre Eustáquio: foi vendido como escravo e martirizado com toda a família, sendo trancados dentro de um touro de bronze.

São Eustáquio é, como São Humberto, representado com um cervo que tem uma cruz entre os chifres. Não obstante, é possível distingui-lo: São Eustáquio tem um uniforme militar, às vezes incompleto. Quadro de Lucas Cranach, ***São Eustáquio.*** Museu da Caça e da Natureza, Paris.

ALEXANDRE (+ por volta de 177)

Alexandre foi um cristão de origem grega que viveu em Lyon. Esteve escondido, mas foi delatado e flagelado. Quando o governador exigiu que renegasse Cristo, respondeu: "*O Deus que eu adoro, o único todo-poderoso e eterno me dará forças para testemunhá-lo até meu último suspiro. Ele será o guardião da minha fé*".
Então, o governador ordenou que o crucificassem.

CECÍLIA (+ por volta de 177)

Ainda que venerada em Roma como santa e mártir desde o século V, a lenda sobre sua vida é mais tardia. Advertiu o marido Valeriano que um anjo velava sua virgindade e que devia receber o batismo. Valeriano se batizou, mas foi detido e executado. Cecília recusou a apostasia* e foi condenada a morrer na fogueira. "*Enquanto sonhava a música para seu casamento, em seu coração se elevava cânticos ao Senhor*".
Finalmente, foi decapitada.

PADROEIRA
DOS MÚSICOS

SATURNINO (século III)

Foi um missionário romano que predicou na Gália, nos Pirineus e na península Ibérica. Foi o primeiro bispo de Tolosa (a atual Toulouse). Na cidade havia um templo consagrado a Júpiter. Saturnino tinha de passar todos os dias em frente de tal templo para chegar a um pequeno oratório onde pregava catequese. Parece que por algum tempo Júpiter se mostrou mudo diante dos pedidos das pessoas que acreditavam nele e, com isso, começou a circular o rumor de que o responsável por tal fato era o bispo Saturnino.
Um dia uma multidão esperou Saturnino passar por ali e, cercando-o de forma ameaçadora, exigiu que oferecesse em sacrifício um touro ao deus romano. Diante da negativa e já furiosa, a multidão atou o bispo ao touro que devia ser sacrificado, e o atiçaram para que corresse pelas escadas do templo. O corpo de Saturnino foi se despedaçando ao longo da corrida do animal.

Santa Cecília é representada no dia de seu casamento, ou tocando um instrumento musical como o órgão, o alaúde, entre outros. Detalhe de um quadro de Charles Mellin, ***Santa Cecília***, Museu do Prado, Madri.

TEÓFILO (século III)

Foi bispo de Antioquia nos primeiros tempos do cristianismo. A propósito de um homônimo imaginário, Teófilo, o Penitente, conta-se o "milagre de Teófilo". Teófilo vendeu a alma ao diabo. Arrependido, conseguiu que Santa Maria fizesse o demônio devolver o contrato de venda.

Santa Maria devolve o contrato a **Teófilo**.

Santa **Margarida** luta contra o dragão com um crucifixo.

MARGARIDA DE ANTIOQUIA (século III)

Foi filha de um sacerdote pagão de Antioquia (na atual Turquia). Ao se converter, recusou a se casar com o prefeito Olibrius, motivo pelo qual foi martirizada. Conta a lenda que lutou vitoriosamente contra alguns dragões. Ela é representada assim.

Santa **Bárbara** sustentando uma torre.

BÁRBARA

(+ por volta de 335)

Como era de uma grande beleza, seu pai a encerrou em uma torre. Ali se converteu ao cristianismo. Seu pai, que a decapitou por isso, foi fulminado no ato.

PADROEIRA DOS FOGUETEIROS, ARTILHEIROS E BOMBEIROS

Outra representação de Santa **Margarida** lutando contra o dragão.

Santa **Bárbara** é representada com uma torre de três janelas, que representam a Trindade*, e chamas, ou com um canhão e barris de pólvora. Também é representada com um cálice* e uma hóstia*.

Santa **Apolônia** quando lhe arrancavam os dentes. Desenho da Escola Alemã, ***Santa Apolônia***. Biblioteca Nacional da França, Paris.

Santa **Apolônia** é representada com fórceps e é invocada contra a dor de dente.

APOLÔNIA († por volta de 249)

Viveu em Alexandria, onde foi diácona*. Quiseram obrigá-la a adorar os ídolos, mas como se recusou, foi torturada, arrancando-lhes os dentes. Temerosa de cometer apostasia*, jogou-se voluntariamente na fogueira, onde morreu.

PADROEIRA
DOS DENTISTAS

CRISTÓVÃO (século III?)

Sua vida, apesar de famosa, é envolvida por lendas. Cristóvão prestava serviço aos demais ajudando a cruzar um rio perigoso. Um dia, um menino pediu que o transportasse para a outra margem. Ele o colocou sobre os ombros e começou a atravessar o rio, mas o menino ficou cada vez mais pesado, e Cristóvão teve problemas para alcançar a outra margem. Então a criança disse: "*Peso muito porque tenho o peso do mundo: sou Cristo. Como prova, coloca teu bastão na terra; florescerá e dará frutos, a partir de amanhã.*" E parece que aconteceu assim. A realidade desse episódio é muito duvidosa. Mas não impediu a grande e persistente popularidade deste santo.

PADROEIRO DOS MOTORISTAS
E DE TODOS OS VIAJANTES

São **Cristóvão**, muito robusto, usa um tronco de árvore como um bastão. Carrega, acima das águas, o menino Jesus que, às vezes, é representado com uma auréola* cruciforme como signo de sua divindade. O menino Jesus segura o globo terrestre na mão esquerda e com a direita dá a benção*.

MAURÍCIO (século III)

Soldado cristão da legião romana de Tebas, foi martirizado por se negar a participar da repressão aos demais cristãos. Fez parte de um grupo restrito, apesar de a lenda se referir a toda uma legião.

Maurício é representado como pertencente à raça negra, com armadura e uma bandeirola enfeitada com uma cruz em forma de trevo branco ou com uma lança, geralmente em pé, o que o difere de São Jorge. ***São Erasmo e Maurício***, quadro de Matthias Grunewald. Alte Pinakhotek, Munique.

VALÉRIO (por volta do século III)

Foi bispo de Zaragoza e, de acordo com a tradição, teve São Vicente como diácono. Considerado um homem prudente e sábio, apesar da gagueira. Daciano, devido ao martírio de São Vicente, o desterrou para a França, onde morreu, de acordo com a tradição.

Seus restos mortais são venerados em Roda de Isábena, sua vila natal. É padroeiro de Zaragoza e dos mineiros. A lenda atribuiu a origem deste título à presença de São Valério na famosa caverna de Galarra, situada na base do monte Udalatx, de onde era extraído o apreciado minério de ferro. De fato, o bairro de Mondragón, no qual foi construída a capela de São Valério se chama Mietzerreka, do basco "meatza", que significa mina.

ÁGUEDA († em 250)

Nasceu na Catânia, onde foi martirizada por ter rejeitado as propostas do governador Quintiano. Segundo a lenda, teve os peitos arrancados antes de ser queimada. Seu véu teria detido uma erupção do Etna.

PADROEIRA DAS LACTANTES E DA SICÍLIA

Santa Águeda é representada com alguns fórceps e seus peitos em uma bandeja. ***Santa Águeda,*** *quadro de Francisco de Zurbarán.* Museu Fabre, Montpellier, França.

Santa **Úrsula**. Detalhe da gravura de Bouchart, ***Grandes Crônicas da França***. Biblioteca Mazarine, Paris.

ÚRSULA
(século III)

Acredita-se que era filha de um rei da Bretanha, prometida em casamento a um príncipe pagão. Decidida a se manter virgem, sugeriu que para confortá-la lhe dessem 10 mil virgens. Fez uma peregrinação a Roma e depois foi para Colônia. Dizem que foi martirizada com suas acompanhantes, porque no final se recusou a se casar. Foi uma santa extremamente popular na Idade Média.

Santa **Úrsula** é representada com suas companheiras, às vezes em um barco. Outras vezes é representada com flechas (foi flechada).

A canonização

Depois da morte, a Igreja reconhece como santos os homens e as mulheres que responderam ao chamado de Deus para dividir sua santidade, admitindo como ponto de partida o princípio de que só Deus é "santo", ou seja, só ele é soberanamente puro. Este reconhecimento recebe o nome de canonização. Ao longo dos séculos, aproximadamente 35 mil pessoas ou grupos de pessoas foram proclamados santos. Deles, cerca de 30 mil foram mártires que morreram pela fé e cerca de 4 mil, declarantes dela. Até o século xiii, as comunidades cristãs ou os bispos eram os que declaravam alguém santo, e a imensa maioria dos santos foi nomeada por este método. A partir de então, o papa se reservou o direito de canonizar e foi instituído um procedimento específico, em forma de processo: a "beatificação" (a proclamação de "beato", que autorizava o culto local) era uma etapa prévia necessária para chegar à canonização propriamente dita e à autorização de um culto universal).

Desde o ano 1893 o processo se desenvolve da seguinte maneira: O bispo do lugar faz uma investigação e instrui a solicitação de beatificação. Depois, é enviado o expediente à Congregação para as Causas dos Santos de Roma, que o transmite ao papa. Isto procede então à beatificação (após, em princípio, um milagre* que prove o poder de interseção do futuro beato) e depois à canonização (de novo e, em princípio, após outro milagre). Os mártires estão isentos da prova do milagre.

Apesar das simplificações que foram introduzidas em 1983, o processo de beatificação e canonização é longo, caro e complicado. Exige uma fama de santidade do candidato proposto, mas não é permitido render-lhe culto em vida nem depois de morto, antes do final do processo.

Na prática e até pouco tempo, os processos só eram empreendidos por ordens religiosas ou casas reais, e isso é explicado sem dúvida porque há tão poucos leigos ou casados no santoral. Atualmente, a Igreja tenta remediar esta situação.

LOURENÇO (+ 258)

Original de Huesca, foi diácono romano. Foi detido por ordem do Imperador romano Valério durante uma missa e na presença do papa Sixto II e, depois, martirizado. A lenda conta que se negou a entregar os arquivo que custodiava e que morreu queimado em uma grelha. O rei Felipe II da Espanha ganhou em 1557 a importante batalha de São Quintin, no dia de São Lourenço. Para agradecê-lo, mandou construir o palácio de El Escorial seguindo a forma de uma grelha. São Lourenço foi representado perto de uma grelha ou atado nela.

PADROEIRO DOS COZINHEIROS
E DOS ARQUIVISTAS

MAGIN (+ em 280)

Asceta nascido em Tarragona, se chamava na verdade Máximo. Após a morte de seus pais, vendeu sua parte da herança para dividi-la entre os padres e se retirou durante trinta anos para os montes de Brufagaña para viver como um ermitão. O itinerário de seu martírio é lembrado na torrente de Gayá, local para o qual o levaram preso e onde nasceu uma fonte que ainda emana, e no portal do Carro, em Tarragona, posteriormente chamado portal de São Magin, onde há uma capela dedicada a ele. De acordo com a tradição foi preso por ordem de Maximiliano, mas escapou milagrosamente por essa porta, guiado por um anjo. Aprisionado novamente, foi degolado em 19 de agosto, dia em que é celebrado.

Durante a retirada napoleônica de 1813, Tarragona, como tantas outras cidades, vilas e aldeias da península, foi destruída; somente o setor oriental da parte alta da cidade ficou de pé. Acredita-se que isso aconteceu porque haviam apagado a chama do Forte de São Magin, acendida pelos franceses três vezes consecutivas, tantas quanto o santo, que com um jarro apagou a chama desde o céu. (Esta cena pode ser vista em uma pintura sobre a parede direita da entrada da Igreja de São Magin, na Rua Portal do Carro, de Tarragona.)

Seu nome passou para a linguagem comum como sinônimo de inteligência.

CRISTINA (+ em 280)

Cristina nasceu em Toscana, no seio de uma família nobre. Ao se tornar cristã, se negou fazer sacrifícios a Apolo. Despedaçou alguns ídolos de metal precioso e distribuiu os pedaços aos necessitados. Encerrada em uma torre, como Santa Bárbara, recebeu a visita de um anjo que lhe trouxe flores. A lenda conta que resistiu garbosamente a numerosas torturas. Por causa disso, foi jogada em um lago, de onde foi salva pelo próprio Cristo. Finalmente foi morta a machadadas.

A Santa **Cristina** é representada como uma jovem mulher, atada a uma roda de moinho e com a palma do martírio. Às vezes sustenta uma flecha.

Santa **Cristina** sustenta a flecha de seu martírio. Vemos o forno de cal onde foi jogada e, ao fundo, o castelo de seu pai sobre o Lago de Bolzano.

São **Valentim** com a filha do oficial.

VALENTIM (+ 273)

Valentim era sacerdote em Roma sob o imperador Cláudio II. Foi preso, mas curou a cegueira da filha do oficial encarregado de sua vigilância. Então converteu a toda a família do oficial, motivo pelo qual foi decapitado.

PADROEIRO
DOS APAIXONADOS

DR

São **Valentim**, vestido de padre, durante seu suplício.

São **Cosme** com o irmão Damião, com um chapéu ou toca de médico, sustentam nas mãos potes de medicamentos. Detalhe da pintura de Jean Miralhet, ***A Virgem protegendo o mundo eclesiástico e secular***. Museu de Nice.

COSME (+ 287)

Foi médico, assim como seu irmão gêmeo Damião. Para testemunhar a fé cristã diante os demais, cuidavam gratuitamente de homens e animais. Segundo a lenda, cometeu a façanha médica de colocar a perna de um negro em um sacristão afetado pela gangrena. Foi martirizado na Síria, de acordo com a lenda, sofrendo numerosos suplícios. Foi jogado em uma fogueira, mas as chamas se recusaram a consumi-lo e se voltaram para seus carrascos. Seu culto persiste no Ocidente e no Oriente.

PADROEIROS DOS OFÍCIOS RELACIONADOS COM A SAÚDE

DIONÍSIO (+ 290)

Foi o primeiro bispo de Paris. Não se sabe nada de sua vida; é conhecido, sobretudo, por seu martírio: após diversas torturas, foi decapitado com dois de seus companheiros, Eleutério e Rústico. Dionísio se levantou, pegou sua cabeça entre as mãos (é um dos primeiros santos "com a cabeça entre as mãos") e caminhou até o lugar onde haviam preparado sua tumba.

PADROEIRO DE PARIS

Baixo-relevo de Donatello, ***São Cosme e Damião***. Sacristia velha, São Lourenço, Florença.

São **Dionísio** é normalmente representado com a cabeça entre as mãos. Às vezes tem duas cabeças, uma sobre os ombros e outra nas mãos. Aqui o vemos recolhendo a cabeça. Detalhe do quadro de Léon Joseph Florentin Bonnat, ***O martírio de São Dionísio***. O Panteão, Paris.

Crispim e o irmão Crispiniano são representados fazendo ou distribuindo sapatos. Insígnia de sapateiro. Museu Carnavalet, Paris.

São **Sebastião** sustentando uma flecha, símbolo de seu martírio. Detalhe da pintura de Jean Miralhet, ***A Virgem protegendo o mundo eclesiástico e secular***. Museu de Nice.

CRISPIM (século III)

É associado muitas vezes ao irmão Crispiniano. Eram de uma família aristocrática romana. Fugiram das perseguições decretadas por Diocleciano e se refugiaram em Soissons, onde se tornaram sapateiros. Para testemunhar a fé na crença cristã, calçavam os pobres gratuitamente. Foram capturados na oficina e levados para o martírio.

PADROEIRO DOS SAPATEIROS

SEBASTIÃO (✝ por volta de 300)

Foi um cidadão romano martirizado nos tempos do imperador romano Diocleciano. Sua lenda é um pouco mais extensa: nela é um militar responsável pela guarda pretoriana do imperador. Sebastião consola e ajuda os cristãos encarcerados. Por isso, foi detido, julgado e condenado a ser flechado. Mas não morreu. Foi recolhido e cuidado por uma viúva, Irene, que cuidou dele até curá-lo. Então foi ao encontro de Diocleciano para recriminá-lo pelo modo como reprimia os cristãos.

Detido novamente, foi apedrejado e seu corpo jogado em uma fossa. A ele é atribuído o poder de deter as epidemias da peste, talvez devido a uma antiga crença: a peste seria uma flecha disparada do céu por uma divindade enraivecida. Seu martírio foi um tema recorrente nas artes.

São **Sebastião** é representado trespassado por flechas.

São **Quirico** tem uma auréola como signo de sua santidade, eliminando assim o que pode ser interpretado como um menino Jesus. Está nos braços da mãe, Santa Julita.

QUIRICO (século IV)

Era filho de Santa Julita e foi martirizado junto com a mãe em Cilícia. Tinha menos de três anos e se transformou assim em um dos raros casos de crianças que se tornaram santas. Na *lenda dourada** lhe atribuíam diversos suplícios aos quais teria resistido sem responder. Cravaram três cravos em sua cabeça, como em São Quintin. Séculos mais tarde, teria conseguido que Carlos Magno, intrigado com um sonho simbólico em que agarrava um javali, pagasse para mudar o teto da Catedral de Nevers, dedicada a este santo.

São **Quirico** é representado mais como um adulto que como uma criança de três anos. Às vezes aparece com um javali. Detalhe de um retábulo romano, ***O martírio de santa Julita e de seu filho São Quirico***. Museu Nacional de Arte da Catalunha, Barcelona.

São **Marcelo** é representado expulsando os idólatras ou, mais freqüentemente, como um militar vencedor da idolatria, simbolizada em forma de dragão.

MARCELO (+ em 298)

Sabe-se muito pouco da vida deste santo. Era um militar romano. Destacou-se entre os demais soldados, ao se recusar obstinadamente a oferecer sacrifícios aos ídolos romanos. Por outro lado, proclamou que pertencia ao exército espiritual dos cristãos e que era um soldado de Cristo. Então foi preso, julgado e condenado a decapitação, se transformando assim em um mártir. Outros 18 santos têm o nome de Marcelo, entre eles um papa, Marcelo I, falecido no ano 309.

EULÁLIA (+ final do século III)

Grande parte da vida dessa mártir de Barcelona está envolvida em lenda.
Aos doze anos, se apresentou voluntariamente diante de um juiz para proclamar sua fé. Negou-se a oferecer sacrifício aos ídolos e foi insistentemente torturada por isso. Quando estava na fogueira, seu cabelo pegou fogo, mas as chamas formaram uma cortina protetora. Foi finalmente decapitada. Dizem que nesse momento uma pomba branca, a alma, escapou de sua boca.

JUSTO E PASTOR (+ 304)

Eram dois irmãos nascidos em Alcalá de Henares. Viveram a última das grandes perseguições contra os cristãos, a de Diocleciano, apenas 10 anos antes do edito de Milão (313), pelo qual o cristianismo se transformou na religião oficial do império.
Justo e Pastor tinham entre sete e nove anos, de acordo com a tradição, quando foi enviado para a Espanha o governador Daciano, que se tornou célebre pela perseguição impiedosa contra os cristãos.
Ao escutarem um dia na escola que Daciano havia chegado a Alcalá, os meninos, que já tinham ouvido falar dele, sem pensar duas vezes se apresentaram diante do governador, dizendo que eram cristãos. Daciano, que não tinha coração, pensou que se tratando de dois meninos seria fácil castigá-los e manifestar um primeiro triunfo, e lhes deu incenso para que fosse queimado diante do altar dos ídolos. Quando os dois meninos se recusaram a fazê-lo, mandou chicoteá-los.
Justo e Pastor, não cederam, o que fez com que aumentassem a força e o número das chicotadas, sem que isso servisse de nada. Quando Daciano decidiu que era inútil, que havia exagerado, temeu devolvê-los à escola naquele estado. Mandou então que fossem levados para fora da cidade e degolados em segredo. Os outros cristãos descobriram os cadáveres e lhes deram sepultura. Morreram em 6 de agosto de 304, dia em que são celebrados. Este foi um dos martírios mais famosos pela crueldade. Por isso, a celebridade destes santos e as diversas igrejas dedicadas a eles.

FÉLIX (+ 304)

Na vida de São Félix, o glorioso mártir de Gerona, a história e a lenda se misturaram de tal forma que é difícil descobrir a verdadeira personalidade. O relato de seu martírio, acontecido junto com São Cucufate, foi escrito por seus devotos que o embelezaram para lhe dar mais glória.

Ele e seu companheiro de andanças, Cucufate, nasceram na África, no seio de famílias abastadas. Estudaram na Cesaréia marítima e ali entraram em contato com os cristãos que, já naquela época, eram perseguidos com crueldade diabólica. Os ensinamentos evangélicos encontraram lugar no coração nobre, puro e generoso dos dois jovens, que decidiram receber o batismo, em uma época, no final do século III, marcada pelas perseguições de Diocleciano. Sua decisão e entrega são tão definitivas que chegaram até mesmo a dar a vida em testemunho perene da divindade de Cristo. Félix e Cucufate acreditavam que só uma coisa é necessária: amar a Deus sobre todas as coisas e que, para amá-lo, há que amar primeiro ao próximo. Querendo ser firmes com isso, decidiram abandonar seu país para ajudar os cristãos da província imperial de Tarragona a suportar a difícil situação em que se encontravam. Fizeram-se passar por comerciantes, atravessaram o Mediterrâneo e chegaram respectivamente a Ampúrias e Barcino. Félix se mudou para Gerona, que seria o centro suas atividades heróicas.

Em Gerona, Félix promoveu tanta admiração entre o povo pela integridade de vida e pela caridade fervorosa, que converteu muitos pagãos. Logo sua presença e sua atividade inquietaram as autoridades, que o levaram a um tribunal pretoriano. Do tribunal passou para a prisão e depois de receber sentença condenatória, foi submetido aos tormentos mais atrozes, dos quais foi várias vezes liberado pela interseção angelical. Primeiro foi vítima de diferentes torturas, depois foi amarrado a alguns cavalos e arrastado pelas ruas principais da cidade. Curado milagrosamente, passou de novo por diferentes povoados; mudou-se para a praia de San Feliu de Guíxols, onde o jogaram ao mar amarrado a uma roda de moinho no pescoço. Novamente foi salvo pela interseção de alguns espíritos divinos que suavemente o conduziram à praia. Por último, terminou sua vida heroicamente quando foi submetido ao suplício terrível de ter a carne dilacerada com um gancho de ferro. Parece claro que São Félix não pertenceu ao clero, nem desempenhou nenhum ministério sagrado. Era um simples leigo que se transformou em missionário.

Os padres da Igreja Visigótica relataram os milagres e os feitos extraordinários realizados junto a sua tumba e o rei Recaredo foi em peregrinação a Gerona para lhe oferecer uma coroa votiva de ouro.

Seus restos mortais ainda continuam guardados em Gerona, e sobre seu sepulcro foi construído um grande templo para lembrá-lo.

QUINTIN (+ 303)

A única certeza é que seu martírio foi em Augusta Veromandum (o futuro Saint-Quentin, no departamento de Aisne, na França). A lenda o descreve como filho de um senador romano que foi se evangelizar com São Luciano. Foi preso e sofreu diversas torturas. Pregaram cravos em suas costas. Depois de ser decapitado, jogaram o corpo no Rio Somme.

São **Quintin** sentado em uma cadeira de tortura, com cravos nas costas.

Os nomes de batismo

Em muitos países, praticam-se os costumes ainda recomendados pela Igreja de impor às crianças um nome de santo como nome de batismo.

Mas "a escolha de um nome jamais é neutra". É importante que os pais o escolham juntos. É o resultado de diversas razões: em lembrança de um antepassado, de um ser querido, de um personagem célebre, como um grande homem ou um ator, de um acontecimento ou de uma tradição familiar. O desejo de se diferenciar, a influência da moda do momento, entre outros. O nome eleito, geralmente, é escolhido porque evoca o santo em que, consciente ou inconscientemente, os pais colocam a criança sob proteção. O nome, característica essencial do indivíduo, influi sobre a personalidade de quem o possui. Para alguns, como os romanos, constituía um presságio.

Quem tinha como nome de batismo o nome de um santo, teria uma tendência a invocar sua ajuda em momentos difíceis.

DOROTÉIA

(† princípios do século IV)

Sua existência é questionável. Uma bonita lenda diz que foi enviada para a tortura pelo governador da Cesaréia, na Ásia Menor. Enquanto a levavam para lá, um homem chamado Teófilo pediu com ironia que lhe mandasse frutas e flores do paraíso. Então apareceu um anjo que deu a Teófilo três maçãs e três rosas. Este se converteu e foi martirizado por isso.

Santa **Dorotéia** é representada com flores e frutas. Detalhe do quadro de Sebastião do Piombo, ***Mulher jovem ou Santa Dorotéia***. Gemaldegalerie, Berlim.

IRENE (✝ 304)

Assustada pela perseguição de Diocleciano, fugiu para as montanhas com suas irmãs Agapé e Khionia. Mas, corroídas pelo remorso, voltaram para casa e foram presas com a posse de livros cristãos. As irmãs foram queimadas vivas, prometendo salvar Irene se esta renegasse a religião. Como se negou, sofreu muita crueldade e teve uma flecha disparada antes de ser jogada na fogueira.

LUZIA (✝ 305)

Sabe-se com certeza que foi martirizada em Siracusa, na Ilha da Sicília, onde recentemente sua tumba foi descoberta. Na *lenda dourada* (ver p. 168) dizem que era rica e que distribuiu seus bens aos pobres. Em seu martírio, teve os olhos arrancados. Outra lenda diz que ela mesma arrancou os próprios olhos, para mandar ao prometido. Um milagre fez com que os olhos voltassem ao lugar.

São **Vicente** é representado vestido com a túnica* dos diáconos*, segurando um cacho de uvas. Às vezes sustenta uma taça, uma podadeira ou a palma do martírio.

VICENTE (✝ 304)

Foi diácono* do bispo de Zaragoza e durante a perseguição de Diocleciano, ambos foram levados ao governador romano. O poeta Prudêncio conta a lenda e as diversas torturas que Vicente sofreu. Foi assado em uma grelha, esfregado sobre vidros quebrados e seu cadáver foi finalmente abandonado em um lugar selvagem. Então, um corvo impediu que as pragas o devorassem.

PADROEIRO DOS VINICULTORES, PROVAVELMENTE O QUE ORIGINOU A PRIMEIRA SÍLABA DO SEU NOME

Luzia é representada com os olhos na mão ou sobre um prato e com uma palma.

CATARINA DE ALEXANDRIA (século IV)

Sua vida está envolvida em lenda. Foi uma jovem aristocrata e instruída. Como era cristã, se recusou a casar com o imperador, alegando que havia contraído "matrimônio místico" com Cristo. Debateu com filósofos pagãos que pretendiam pressioná-la à apostasia*, demonstrando que sua fé não se apoiava em nada, mas venceu o debate. Com isso, o imperador mandou executar os filósofos e torturou Catarina com um ecúleo cheio de espetos. Mas um raio destruiu o ecúleo e cegou os carrascos. Então foi decapitada. Casualmente, surgiu a tradição de coroar sua estátua no dia de sua celebração. Disso nasceu o costume de que nesse dia as solteiras de 25 anos usariam penteados chamativos, "penteados de Santa Catarina".

Santa **Catarina de Alexandria** com a roda do instrumento de martírio. Também aparece freqüentemente com a espada para ser decapitada. Detalhe do quadro de Vittore Carpaccio, ***Santa Catarina de Alexandria e Santa Paraceve ou Veneranda***. Castel Vecchio, Verona.

Outra representação de Santa **Catarina de Alexandria**, com sua roda.

OUTROS SANTOS COM SEUS PRINCIPAIS ATRIBUTOS

PETRONILA (+ 80)

Vassoura.

TECLA, na Turquia (+ por volta de 80)

Virgem de Ícone, representada freqüentemente com uma serpente na mão; um leão que não a ataca; uma bola de fogo. Patrona de Tarragona.

CLEMENTE (+ 97)

Papa com a âncora de seu martírio no pescoço.

TIMÓTEO (+ 97)

Bispo de Éfeso, com a pedra e o bastão de seu martírio; ídolo jogado a seus pés.

SOFIA, DE ROMA (+ 120)

Morreu perto da tumba das três filhas.

APOLINÁRIO (+ por volta de 200)

Bispo de Ravena, com um bastão e uma espada: bando de corvos sobre sua tumba em sua celebração.

NARCISO (+ 212)

Bispo de Gerona, com flores; mata um dragão ou uma serpente para desobstruir uma fonte. Diz a tradição que estando de viagem e sem saber onde se hospedar bateu à casa de uma prostituta chamada Afra, que professava a religião pagã. Ela rapidamente viu que aqueles dois personagens eram cristãos e começaram uma conversa. Afra e suas criadas: Digna, Eunomia e Eutrópia se converteram ao cristianismo. No dia seguinte, o prefeito de Augusta, de nome Gayo e de religião pagã, soube que São Narciso e São Félix haviam passado a noite naquela pensão e ordenou que Afra fosse queimada viva atada a um poste, na margem do Rio Lech. De acordo com a tradição, o dia do martírio foi 7 de agosto do ano 304, mas sua celebração ocorre no dia 5 de agosto. Esta narração popular foi muito apreciada entre os habitantes de Gerona e os habitantes das localidades próximas, que quiseram prestar uma homenagem à santa construindo em 1344 um santuário a poucos quilômetros da cidade: o santuário de Santa Afra, situado em Ginestar, em São Gregório.

MARTINA, DE ROMA (+ 222)

Jesus põe um anel em seu dedo; um leão não a ataca; ídolo; fórceps de seu martírio.a

HIPÓLITO (+ 235)

Soldado romano às vezes representado com São Lourenço.

MARCIAL (+ por volta de 250)

Bispo de Limoges, carrega uma cruz muito longa; pode estar acompanhado por Santa Valéria, decapitada, que leva sua cabeça nas mãos.

FRUTUOSO (+ 259)

Bispo de Tarragona, foi queimado no anfiteatro dessa cidade junto com seus diáconos Augúrio e Eulógio.

REGINA, DE ALISE (+ por volta de 260)

Alguns anjos ou uma pomba trazem uma coroa.

SABINA, de Troyes, em Champagne (+ 274)

Vestida de peregrina.

DAMIÃO (+ 287)

Irmão gêmeo de Cosme (ver este santo).

LUCIANO, de Antioquia (+ por volta de 290)

Sustenta um cálice* com uma hóstia*; roda de moinho pendurado no pescoço.

VITOR, de Marselha (+ por volta de 290)

Militar da cavalaria romana com uma bandeira; há um ídolo jogado ao chão diante de um altar; roda do moinho e espada de seu martírio.

JUSTINO, DE NICOMÉDIA (+ 304)

Crucifixo na mão. Unicórnio.

GENARO (+ por volta de 305)

Bispo de Benevent, um frasco com seu sangue se coagula regularmente.

ANASTÁCIO (+ por volta de 305)

Nasceu em Lérida e na juventude foi soldado de uma das legiões que os romanos tinham na Espanha. Anastácio era o líder de um grupo de cerca de 75 soldados que se diferenciava por sua conduta cristã. Ao saber deste foco, que considerava corrupção no exército, Daciano, o prefeito de Tarragona, mandou prendê-los e submetê-los à tortura, para que renegassem suas crenças. Finalmente, mandou executar Anastácio junto com o resto de seus companheiros.

Capítulo IV

O TEMPO DOS DOUTORES

Do século IV ao século VI da era cristã

O imperador do Ocidente, Constantino, filho de Santa Helena, promulgou no ano 313 a liberdade de culto, pelo edito de Milão. Sob o ensinamento cristão, venceu no ano 324 o imperador do Oriente, perseguidor dos cristãos. Mas os dois impérios romanos tiveram que enfrentar as invasões dos bárbaros. O ano 476 marcou o fim do império do Ocidente.

A Igreja se consolida, sob os papas São Silvestre, São Júlio e São Gregório Magno, e começa a evangelizar os campos; até então sua implantação havia sido em maior parte urbana.

Na Gália, São Martín evangeliza sua parte central. São Remígio batiza Clodoveu, rei dos francos e esposo de Santa Clotilde, com ajuda de Santa Genoveva. Os galo-romanos e os bárbaros se reconciliam. E alguns grandes bispos se convertem em santos: São Germano, bispo de Auxerre; São Honorato, bispo de Amiens; São Gregório, bispo de Tours.

A Igreja evangeliza a Irlanda (São Patrício), a Bretanha e a Normandia (São Paulo Aureliano), Escócia, Inglaterra, os países do Mar Negro, o golfo Pérsico e a Etiópia.

É a grande época dos "Doutores da Igreja*", teóricos da doutrina cristã, cujos membros mais antigos são denominados "Pais da Igreja" (especialmente, na Igreja do Oriente, Santo Antônio Abade, pai do monacato*, São Basílio, Santo Atanásio, São Gregório de Naziance, São João Crisóstomo; e, para a Igreja do Ocidente, Santo Hilário, Santo Ambrósio, São Jerônimo, Santo Agostinho, São Gregório Magno).

É também a época dos eremitas e dos ascetas do Oriente (São Simeão, o Estilita) e do desenvolvimento do monacato no Ocidente (São Benito, São Mauro, Santa Brígida).

São **Brás** é representado quase sempre como um bispo que domestica os animais, como aqui abaixo. Às vezes, está com uma criança que tenha curado.

São **Brás** pode também sustentar uma carda, utensílio de seu martírio. Quadro de Pedro Fernández de Córdoba, ***São Brás***. Museu de História da Cidade, Gerona.

BRÁS (+ princípio do século IV)

Era médico e bispo de Armênia, mas se retirou para uma caverna onde, ao mesmo tempo em que se ocupava dos assuntos da diocese, curava os homens e os animais que iam até lá em busca de cura. Lá foi descoberto pelo governador de Capadócia, que o mandou prender. Continuou curando os doentes através das barras de sua cela. Em particular, conseguiu retirar da garganta de uma criança uma espinha de peixe que a sufocava. Em outra ocasião, mandou devolver a uma anciã sua única riqueza: um porco. Tentaram em vão afogá-lo em um reservatório. Então o torturaram com cardas de ferro e o decapitaram. É invocado contra os problemas de garganta e contra as tempestades (seu nome, na língua alemã, evoca os ventos).

PADROEIRO DOS CARDADORES DE LÃ (EM LEMBRANÇA A SEU MARTÍRIO) E DOS SUINOCULTORES

DR

Santa **Helena** é representada com uma coroa de imperatriz, sustentando os cravos da crucificação de Cristo. A verdadeira cruz se distingue das espúrias, porque sua imposição cura as doenças.

HELENA (255-327)

De origem humilde, se transformou em concubina de um tribuno romano e teve um filho, Constantino, que foi imperador, dando à mãe o título de imperatriz. Convertida ao cristianismo, empreendeu escavações que fizeram com que descobrisse a verdadeira cruz. Morreu em Bitínia e, muito depois, seus restos foram levados para Hautvillers, na região francesa do Marne.

CLOTILDE (aprox. 470-545)

Era filha de Chilpéric, rei dos burgúndios, de crença ariana. Converteu-se ao cristianismo por influência dos bispos de seu país. Casou-se com Clodoveu, rei dos francos, e, com ajuda de São Remígio, conseguiu que o marido fosse batizado no ano 496. Como conseqüência, todos os francos abraçaram a fé católica. Já viúva, presenciou as lutas sangrentas pela sucessão de Clodoveu. Retirou-se para Tours, onde morreu.

Santa **Clotilde** sustenta freqüentemente uma estrutura religiosa, como símbolo de sua atividade em vida. Diversas santas são representadas deste modo, mas Clotilde usa a coroa real. Detalhe do quadro de Carle van Loo, ***Santa Clotilde***. Museu de Belas-Artes de Angers, França.

Santa **Inês** costuma ser representada com um cordeiro (ou com uma pomba que usa um anel no bico). Aqui, é representada com Santa Ana e São Zacarias. Detalhe de uma aquarela de Edward Burra, ***Santa Ana, Santa Inês e São Zacarias (a Anunciação).*** Coleção particular.

SILVESTRE, PAPA (+ 335)

Quando Silvestre foi eleito papa, fazia dois anos que Constantino havia parado as perseguições. Teve que enfrentar o imperador, que pretendia controlar a gestão dos assuntos materiais e espirituais da Igreja. De fato, o imperador foi quem convocou o concílio* de Nicéia, no ano 325, que condenou o arianismo*, uma heresia muito expandida. Silvestre empreendeu a construção das grandes igrejas de Roma, que, sob seu papado, se transformou em uma grande cidade da cristandade.

O papa **Silvestre** bendiz o imperador Constantino ou ainda vence o dragão que representa o arianismo,* heresia* combatida por Silvestre, que usa a coroa* como símbolo do papado.

INÊS (+ no século IV)

No princípio do século IV, quando tinha 12 anos, Inês preferiu o martírio em vez de renunciar à virgindade. Pouco depois, consagraram a ela uma basílica em Roma. Nessa basílica, duas ovelhas são benzidas a cada ano. Com sua lã são confeccionados os pálios*, um ornamento que o papa usa ao redor do pescoço durante certas cerimônias.

São Jorge é representado como um soldado. Geralmente carrega uma bandeira branca com uma cruz vermelha. Distingue-se do arcanjo São Miguel porque este sempre aparece com asas. Detalhe do quadro de Giovanni Battista Cima da Conegliano, ***A Madona e a criança com São Jorge e São João***. Museu de Belas-Artes de Caen, França.

JORGE

(† por volta de 303)

Não se sabe com certeza nada sobre sua vida. A lenda diz que era soldado romano. É muito famoso por ter matado um dragão que aterrorizava uma população, exigindo cada dia um tributo de dois jovens eleitos ao acaso. No dia em que foi designada a filha do rei ocorreu o combate em o que Jorge saiu triunfante com a ajuda de Cristo. Foi martirizado mais tarde, durante as perseguições de Diocleciano.

É PADROEIRO DA CATALUNHA

Na maioria das vezes, São **Jorge** cavalga sobre um cavalo branco, apesar de às vezes estar a pé, disparando o último lance mortal no dragão. Desenho de Alexander Marshal, ***São Jorge e o dragão***, de *As lendas da pintura inglesa*, de Horace Walpole. Yale Center for British Art, coleção Paul Mellon. EUA.

VITOR (século IV)

São Vitor é representado suspenso, em companhia de São Modesto, seu mentor. Também aparece como um jovem nobre, com um caldeirão e o globo imperial, porque é o padroeiro dos imperadores da Boêmia.
Muito jovem, fugiu da Sicília para Roma com o mentor e a governanta, porque o pai queria que renegasse a fé. Foi denunciado a Diocleciano, que mandou que fosse jogado em um grande caldeirão com água fervente. Depois foi deixado no fosso dos leões e enforcado. É invocado contra "o mal de São Vitor", ou coréia, uma doença nervosa, porque a lenda afirma que curou o filho do imperador Diocleciano.

NICOLAU DE MIRA (século IV)

Nicolau era bispo de Mira, na Ásia Menor. Foi preso durante as perseguições de Diocleciano. Participou do concílio de Nicéia, celebrado no ano 325, para condenar o arianismo*.
Suas relíquias foram levadas para Bari (Itália), onde é conhecido como "Nabulione" (daí o nome "Napoleão").
A popularidade extraordinária deste santo se deve na realidade a sua lenda. Dizem que ressuscitou três crianças que haviam sido assassinadas e colocadas para salgar por um hospedeiro. Também evitou que três mulheres jovens, cujo pai estava arruinado, e não podia pagar seus dotes, terminassem como prostitutas. O santo lhes deu de presente três bolsas de ouro. A lenda conta também que apareceu para uma tripulação em perigo em meio a uma tempestade e que acalmou a tormenta fazendo com que jogassem no mar alguns barris de óleo enfeitiçado que haviam subido recentemente a bordo. Durante sua comemoração, as crianças de muitos países recebem presentes, comemorando as dádivas de São Nicolau.

PADROEIRO DAS CRIANÇAS, DAS JOVENS SEM DOTE, DOS MARINHEIROS E DA RÚSSIA

São Nicolau costuma ser representado com três crianças (ou, às vezes, com mais) em uma salgadeira, com uma das crianças montada sobre a margem. Também é representado com três bolsas ou bolas de ouro, em lembrança dos três dotes, e, às vezes, com uma âncora.

HILÁRIO DE POITIERS
(† 367)

Era uma pessoa muito instruída, mas como a filosofia antiga não lhe satisfazia, pediu para ser batizado. No ano 354 foi nomeado bispo de Poitiers. Empenhou-se a fundo para combater o arianismo*, que representou um grande perigo para a Igreja. No decorrer de um exílio forçado no Oriente Próximo compôs seu *Tratado sobre a Trindade*, no ano 356. Em seu regresso, continuou sua luta com os arianos e, graças a ele, as teses do concílio de Nicéia foram impostas por todo o país. Foi proclamado pelo papa Pio IX doutor da Igreja*, em 1851.

Santo **Hilário** é representado como bispo com um bastão que simboliza seu combate contra a heresia. Baixo-relevo da Escola Francesa, ***Santo Hilário de Poitiers bendizendo a São Triaize***. Museu Sainte-Croix, Poitiers, França.

O culto aos santos

Vejam também os painéis "O que é um santo?" (página 13), "Canonização" (página 99), "A comunhão dos santos" (página 132), "Os nomes de batismo" (página 108)

Ainda que a Igreja considere que somente Deus seja verdadeiramente santo (ou seja, perfeito), são proclamados santos, após a morte, aqueles que tenham respondido ao chamado de Deus para dividir sua santidade, e lhes honra com seu culto.

Este culto é limitado a um lugar ou a uma congregação*, no caso dos beatos; a uma região ou a um país, para certos santos que são menos importantes ou cuja história é mais incerta; e é universal no caso daqueles que são incluídos no calendário geral romano.

O culto a estes santos adota diversas formas: celebrações (geralmente o dia em que morreram) e orações. A devoção popular vê os santos, sobretudo, como intercessores e autores de milagres (pela proximidade a Deus, mas de acesso mais fácil), ainda que a Igreja insista que os santos devem ser vistos antes de tudo como modelos.

O culto aos santos deu lugar à veneração de suas relíquias. Devido ao costume de celebrar a missa sobre a tumba de um mártir, os ossos do mártir devem ser incluídos nas mesas dos altares. Ainda que essa veneração de relíquias (recolhidas nos relicários*) deva cumprir certas normas para evitar os abusos que ocorreram no passado.

O culto aos santos se manifesta igualmente nos topônimos dos lugares, que evocam um santo, e nos nomes das igrejas consagradas a eles. Na França, por exemplo, um em cada oito lugares tem o nome de um santo. Há, concretamente, 425 lugares que se chamam "Saint-Martin" e 3.675 igrejas consagradas a São Martinho.

ATANÁSIO (295-373), doutor da Igreja

Foi bispo de Alexandria e, sob o nome de Santo Hilário, é conhecido pela luta sangrenta contra o arianismo. Ainda que o concílio de Nicéia a tivesse condenado, essa doutrina se estendeu por todo o mundo ocidental. O imperador romano Constantino e seus sucessores o condenaram cinco vezes ao exílio. Ilustre padre grego da cristandade, deixou uma importante obra através da qual fez a doutrina cristã progredir. Utilizava o humor como arma contra seus inimigos.

Atanásio é representado como bispo, escrevendo com uma pena (ou apresentando seus trabalhou teológicos ao papa). Também aparece fugindo em um barco.

BASÍLIO (329-379), doutor da Igreja

Basílio nasceu em uma família da Cesaréia, na Capadócia, que deu diversos santos. Com alguns amigos (entre eles São Gregório de Nazianzo) fundou uma comunidade monástica. Redigiu sua famosa regra, caracterizada por um conceito muito equilibrado da vida monástica; tal regra teria grande influência sobre São Benito. O bispo Basílio lutou com vigor contra o arianismo*.

São **Basílio** é representado como um abade, com cabelos grisalhos, com rosto magro, barba longa e, às vezes, estreita. Quadro de Francisco Herrera, ***São Basílio ditando sua doutrina***. Louvre, Paris.

ANTÔNIO ABADE (251-356), doutor da Igreja

Ainda jovem renunciou ao mundo e se retirou para a solidão do deserto de Tebas, no Egito. Lá enfrentou diversas tentações que inspirou tanto pintores (Jerônimo, o Bosco, Pieter Bruegel) quanto escritores (Gustave Flaubert). Saiu ileso pela oração. Exerceu grande influência e muitos homens solitários foram até lá e se tornaram seus seguidores. Assim foram criadas numerosas comunidades de eremitas dirigidas por um abade. Aos poucos, foi se adentrando mais no deserto, onde viveu até ultrapassar os cem anos de idade. Contudo, não duvidou em abandonar sua solidão para se declarar, no momento necessário, contra o arianismo. É representado como um homem

Santo **Antônio** com a cruz em forma de T (cruz de Santo Antônio) e o sino. Detalhe do quadro de Jacobello del Fiore, ***A Virgem e o menino com São João o Patriarca e Santo Antônio.*** Museu Cívico, Pesaro, Itália.

mais velho, vestido de sarja, apoiando-se sobre um bastão em "T" (símbolo do santo, às vezes com uma letra grega inscrita no bastão). É um símbolo que se encontra até mesmo gravado em moedas. Está sempre acompanhado de um porco e usa um sino, cuja presença éexplica o padre Cahier: "Na Idade Média, os discípulos de São Antônio se expandiram por todo o mundo para cuidar dos doentes, quando os governos começaram a redigir regulamentos viários, proibiram que os porcos andassem soltos em busca de comida [...], mas essa proibição foi suspensa por caridade aos pobres; e os porcos do hospital conservaram, somente eles, o direito viver como antes, com a condição de que usassem um sino pendurado no pescoço."

Santo **Antônio** representado no decorrer de uma de suas tentações. Detalhe de uma gravura de Jacques Callot, ***A tentação de Santo Antônio***. Museu de História de Lorrena, Nancy, França.

Geralmente se representa Santo **Antônio** com um bastão e um porco. Detalhe do quadro de Sassetta, ***Santo Antônio espancado pelos demônios***. Pinacoteca Nazionale, Siena, Itália.

Santo **Ambrósio** com hábito de bispo. O chicote que empunha simboliza a firmeza com que se opôs a Teodósio e aos arianos*. Às vezes é representado com abelhas que depositam o mel da ciência sagrada sobre os lábios. Detalhe do quadro de Master of the Pala Sforzesca, ***A aparição de Santo Ambrósio na batalha de Milão***. Museu do Petit Palais, Avignon, França.

AMBRÓSIO (+ 397), doutor da Igreja

Era funcionário imperial e chegou a Milão para manter a ordem em polêmicas eleições episcopais. Apesar de ser um simples catecúmeno, foi eleito. Foi batizado e ordenado como bispo em oito dias. Contribuiu para a conversão de Santo Agostinho. Impôs uma penitência pública ao imperador Teodósio, como castigo por ter reprimido sangrentamente uma revolta popular. Foi um grande bispo.

JÚLIO (+ 352)

Foi um papa muito importante. Como muitos santos dessa época, lutou firmemente contra o arianismo*. Nesse combate, apoiou constantemente São Atanásio.

São **Júlio**, que havia viajado para a Ilha de Orta para construir uma igreja, expulsa as serpentes do lugar.

São Martinho dá a metade de sua capa a um pobre. Por que só a metade? Porque somente a metade do que tinha era seu; a outra metade pertencia ao Estado romano. É representado sempre a cavalo e geralmente com uniforme militar. Detalhe de uma pintura da Escola Espanhola, ***São Martinho e o mendigo***. Museu Episcopal de Vic, Osona.

MARTIN (+ 397)

Nasceu na Panónia, atual Hungria. Era militar romano e deve sua grande popularidade à tradição. Destinado à Gália, durante o inverno do ano 337, cortou sua capa para dar a metade a um indigente que tremia de frio. Então Cristo lhe apareceu, vestido com a metade da capa. Converteu-se ao cristianismo e abandonou o exército.

Depois de Hilário, bispo de Poitiers, foi um evangelizador da Gália. Fundou um mosteiro em Ligugé, em Poitou. Nomeado bispo de Tours, fundou outros mosteiros cuja influência se tornou visível em toda a sociedade (mais de 500 povoados e 3.600 igrejas têm seu nome na França). Foi o primeiro cristão canonizado sem ter sofrido martírio.

Outra representação de São Martinho dividindo sua capa com um pobre. Detalhe do quadro do Maître de Bonnat, ***São Martinho dando de presente a capa***. Museu Bonnat, Bayona, França.

FLORENTINO
(† no princípio do século V)

Foi um soldado romano designado na Áustria que se converteu em segredo com o irmão Floriano. Quando Diocleciano começou suas perseguições, muitos cristãos foram presos. Florentino e Floriano reconheceram sua fé e foram condenados a ser jogados em um rio. Quando eram levados ao local do suplício, os guardas que deviam executá-los caíram em um sono profundo. Então, apareceu um anjo que desatou Florentino e lhe disse que fosse ver Martin de Tours, na Gália. Atravessou milagrosamente o Ródano em uma barca deteriorada. Liberou uma pequena população de um dragão que a assediava. Quando chegou ao lugar onde Martin estava, foi ordenado sacerdote. Levou uma vida de oração. Então apareceu um anjo que pediu que fosse ao Monte Glonne e que construísse ali uma capela. Viajava todos os anos a Tours para visitar Martin. No decorrer dessas viagens realizou muitos milagres* (devolveu a visão a um cego, ressuscitou um menino afogado, entre outros feitos). Morreu aos 123 anos de idade.

JOÃO CRISÓSTOMO
(aprox. 345-407)

Foi batizado aos 23 anos. Teve de renunciar à vida de eremita que escolheu em princípio por causa de seu estado de saúde precário. Uma vez ordenado, sua grande eloqüência e conhecimentos sobre teologia lhe deram o nome de Crisóstomo, "boca de ouro". Converteu-se em patriarca de Constantinopla no ano 398. Sua grande firmeza lhe atraiu a hostilidade da imperatriz Eudóxia, que quis deportá-lo. Morreu durante o segundo exílio, deixando para trás uma obra abundante.

Eis aqui a explicação sobre o apelido de **João Crisóstomo**: quando foi deportado, o santo levou consigo muitos pergaminhos, penas e tinta. Assim que se instalou começou a escrever obras de devoção. Isso irritou o diabo, que derramou o tinteiro. O santo pediu ajuda ao céu. Levou a pena à boca e, ao retirá-la, ficou molhada em tinta de ouro. Esta pena é seu atributo. Detalhe de uma gravura de P. Mariette, ***São João Crisóstomo***. Biblioteca Nacional da França, Paris.

JUSTA E RUFINA (+ 287)

Segundo uma tradição que parece confiável, Justa e Rufina eram duas irmãs cristãs que comercializavam objetos de cerâmica em Sevilha, em torno do século III, nos tempos da perseguição de Diocleciano.
Era costume celebrar uma vez por ano uma festa pagã em honra a Vênus e na qual se relembrava o falecimento de Adônis. De acordo com a tradição cristã, os devotos desses deuses percorriam as ruas da cidade com os ídolos nos ombros perturbando gravemente o público e exigindo uma enorme contribuição para a festa.
Em certa ocasião, os pagãos chegaram à casa de Justa e Rufina exigindo o dinheiro correspondente, mas as irmãs se negaram a pagar porque o objetivo era contrário à sua fé. Além disso, as duas decidiram destruir a imagem da deusa, provocando desta forma a fúria geral dos devotos e das devotas que as atacaram.
O prefeito de Sevilha mandou prendê-las, obrigando-as a abandonar a crença cristã para evitar o martírio, mas as santas se negaram a renunciar, apesar das ameaças. Sofreram a tortura do ecúleo e em seguida foram dilaceradas com um gancho de ferro. Diogeniano, o prefeito, esperava que isso fosse o suficiente para que renunciassem à fé, mas elas agüentaram tudo. Ao perceber que a tortura não surtia efeito, as trancou em uma cela tenebrosa onde sofreram os castigos da fome e da sede.
Sobreviveram firmemente à pena, motivo pelo qual foram castigadas novamente, desta vez obrigadas a caminhar descalças até chegar à Serra Morena; apesar disso tiveram força suficiente para alcançar o objetivo.
Ao perceber que nada as detinha mandou deixá-las presas até morrer, a primeira a morrer foi Santa Justa, seu corpo foi jogado em um poço, de onde foi recuperado pouco tempo depois pelo bispo Sabino.
Uma vez que Justa havia morrido, Diogeniano acreditou que Rufina sucumbiria a seus desejos com mais facilidade, mas não foi o que aconteceu, e decidiu matá-la da forma mais sombria que havia naqueles tempos. Foi levada ao anfiteatro e ficou à mercê de um leão para que a devorasse. A besta se aproximou, mas somente moveu o rabo e lambeu as vestes da santa, como faria um animal de companhia. O prefeito não agüentou mais, mandou que fosse degolada e em seguida mandou queimar o corpo.

JERÔNIMO (aprox. 345-420), doutor da Igreja

Jerônimo viveu em Belém, onde dividiu sua vida entre os trabalhos e a direção espiritual dos monges e monjas. Mais adiante, o papa Dâmaso lhe confiou a ingente tarefa de traduzir a Bíblia*, da versão grega Septante para o latim. Esta Bíblia receberia o nome de Vulgata e o Concílio de Trento, mais adiante, a declararia autêntica. É reconhecido como um dos quatro grandes doutores da Igreja* latina.

São Jerônimo é representado como um eremita, enquanto traduz a Bíblia, e, às vezes, toucado com um barrete de cardeal (honra que nunca alcançou). Geralmente está acompanhado de um leão, do qual o santo extraiu um espinho que estava preso na pata. À direita, detalhe de um quadro de T. Massaccio e de T. Masolino, ***São João Batista e São Jerônimo***. National Gallery, Londres.

São **Expedito** é representado como soldado. Aqui, pisa um corvo.

EXPEDITO (datas incertas)

Foi martirizado na Armênia. "Seu renome fez com que os alemães o escolhessem como santo padroeiro dos assuntos que se eternizam. É representado esmagando com o pé um corvo, símbolo dos atrasos encadeados em razão de seu grasnar, "crás", "crás" ("amanhã" em latim). A alma que está sob a influência do Espírito Santo, imediatamente se coloca em movimento. A alma controlada pelo diabo deixa toda ação para amanhã."

PADROEIRO DA RESOLUÇÃO RÁPIDA DE PROCESSOS

GERMANO DE AUXERRE (378-448)

Nasceu no seio de uma família nobre de Auxerre. Primeiro foi alto funcionário do Império e, depois, no ano 418, foi nomeado bispo de Auxerre. Presenteou seus bens aos pobres e defendeu os fiéis contra os bárbaros. Foi enviado para a Inglaterra para combater o pelagianismo, considerado uma heresia. Depois foi transferido para Ravena, onde morreu.

São **Germano** é representado como bispo, com um asno. Dizem que ressuscitou um desses animais, que havia morto de cansaço.

São Germano, estátua da Escola Francesa, Igreja de Saint-Germain-l'Auxerrois, Paris.

AGOSTINHO

(354-430)

Agostinho nasceu em Tagaste, no norte de África. Sua mãe, Santa Mônica, teve uma grande influência sobre ele. Levou uma vida dissoluta e teve um filho. Após estudar filosofia, se converteu ao cristianismo por influência de Santo Ambrósio, que lhe batizou. Foi nomeado bispo de Hipona; tornou-se autor de uma considerável obra teológica e espiritual, dirigida particularmente para refutar as heresias de sua época. Suas *Confissões*, onde relata sua conversão, e *A cidade de Deus*, onde argumenta que a queda do Império romano não se deveu ao abandono dos deuses, são os dois livros mais conhecidos. É um dos quatro grandes pais da Igreja.

Santo **Agostinho** é representado como bispo, sustentando um livro ou o coração de Jesus inflamado pelo amor à humanidade.

DR

Santo **Agostinho,** bispo de Hipona, combateu fortemente as heresias. Esse combate deu origem à sua atividade como predicador.

SIMEÃO, O ESTILITA
(† 459)

"Concebeu e inaugurou uma nova maneira de ser eremita que conheceu diversos adeptos no Oriente: consistia em se alojar no alto de uma coluna aonde eram levados com uma corda os poucos alimentos que lhes permitiam apenas sobreviver; por isso seu nome, estilitas."

Simeão é representado como eremita, sobre uma coluna.

REMÍGIO († 530)

Foi o Bispo de Reims que batizou o rei Clodoveu no ano 496, um batismo muito desejado pela rainha Clotilde e que o rei havia prometido em meio de uma batalha contra os alamanes. Este batismo foi um acontecimento espetacular porque, depois do rei, muitos guerreiros se fizeram batizar, provocando, em último caso, a reconciliação dos galos-romanos e dos bárbaros. Dessa forma surgiu a nação francesa, e a conversão de toda a Gália recebeu um impulso incontrolável.

São Remígio é representado sempre no momento do batismo de Clodoveu. Uma pomba traz os óleos* santos. Detalhe do quadro de Pierre Puget, ***O batismo de Clodoveu I, rei dos francos***. Museu de Belas-Artes, Marselha.

São **Patrício** como bispo. A lenda conta que com seu bastão mágico afugentou as serpentes. Em algumas representações, o artista transformou o bastão em cruz episcopal, e as serpentes, em um dragão que representa a heresia. Detalhe do quadro de Giovanni-Battista Tiepolo, ***O milagre de São Patrício***. Museu Cívico, Pádua, Itália.

GENOVEVA (420-510)

Aos 15 anos consagrou sua virgindade a Deus e começou uma vida de oração. No ano 451, Átila ameaçava Paris e a população estava em pânico. Então, Genoveva pediu que o povo rezasse, assegurando que os hunos não entrariam em Paris, assim como aconteceu. Tempos depois, Chilpéric cercou Paris, tentando render a cidade pela fome. Genoveva conseguiu fazer passar uma pequena frota com alimentos. Quando morreu, foi enterrada ao lado de Clodoveu e de Santa Clotilde, em um mosteiro situado sobre uma colina (a montanha Sainte-Geneviève). O lugar desse mosteiro é hoje ocupado pelo Lycée Henri IV. A Igreja desse mosteiro desmoronou, mas Luís XV ordenou que fosse reconstruída. Alguns anos depois, a Assembléia Constituinte transformou a Igreja no Panteão. Os revolucionários queimaram o esqueleto da santa na Praça de Grèves e jogaram as cinzas no Sena.

PADROEIRA DE PARIS

Santa **Genoveva** sustenta um círio aceso que o diabo se esforça em apagar. A lenda conta que Genoveva rezava à noite em uma igreja. O diabo tentou em vão apagar o círio para assustá-la. É também representada como pastora, fiando com um eixo.

PATRÍCIO (+ 461)

Patrício nasceu na Escócia; seu pai era funcionário. Quando tinha 16 anos foi capturado e levado para a Irlanda, de onde fugiu seis anos depois, para regressar à Inglaterra, lugar em que recebeu uma formação monástica. No ano 432 foi nomeado bispo. Então se dirigiu novamente para a Irlanda, com a intenção de evangelizá-la, ainda que a tarefa fosse difícil. Lá fundou mosteiros que se converteram em focos de evangelização. Segundo a tradição, para que a Trindade* fosse compreendida pelos irlandeses, Patrício havia utilizado uma folha de trevo. E que havia feito sair chamas de uma caverna, para converter os infiéis.

PADROEIRO DA IRLANDA

A comunhão dos santos

No dia 1º de novembro, a Igreja celebra o dia de Todos os Santos conhecidos e desconhecidos que asseguram uma comunhão (uma imensa solidariedade) entre o povo da Igreja de hoje e o da Igreja celestial, composto por todos aqueles que morreram dentro da fé, em especial os santos.

Quando outras festas solenes são celebradas, a Igreja canta ou recita as "súplicas dos santos", uma longa oração com a qual a Igreja celestial é invocada e, por seu nome, a um número de santos, intercalando jaculatórias como: "Santos e santas de Deus, cuja vida e morte testemunharam a fé em Jesus Cristo pelos caminhos do mundo, santos e santas de deus, orai por nós".

ISIDORO (560-636)

Nasceu em Sevilha e, ao ficar órfão, foi educado pelo irmão mais velho Leandro, bispo daquela diocese. Ao morrer este, ocupou o cargo durante aproximadamente quarenta anos. Realizou uma intensa atividade pastoral, enfatizando a formação cultural dos clérigos, para os quais fundou escolas e redigiu diversas obras sobre todos os tipos de temas, o que o transformou em um dos maiores mestres da Europa medieval. No século XI, em pleno domínio muçulmano, os cristãos ocuparam Sevilha e, entre outros tributos, exigiram a entrega de seus restos mortais, que foi levado a Leão, onde hoje é venerado.

BRÍGIDA DA IRLANDA († por volta do ano 523)

Brígida nasceu em uma família de camponeses da Irlanda e se tornou monja, sob a instrução de São Mel de Armagh. Em torno de 470, fundou o primeiro convento da Irlanda em Kildare, um convento que se transformaria em um centro espiritual para todo o país. Conta a lenda que no dia em que foi ordenada, tocou um ramo de uma árvore que reverdeceu imediatamente, e que, diante da necessidade de dar de comer a alguns necessitados, pôde ordenhar três vezes seguidas a mesma vaca.

O atributo de Santa **Brígida** é uma vaca.

DR

BENITO (480-547)

Nasceu em Nursia, um povoado da Itália. Estudou ciências humanas em Roma e, quando terminou, se retirou para levar uma vida de ermitão. Abandonou seu refúgio para ser superior de um convento, mas, por não ser capaz de corrigir os monges, retornou à vida solitária. Teve muitos discípulos e fundou pequenos mosteiros com apenas uma dezena de monges. No ano 529 fundou em Monte Casino, entre Nápoles e Roma, um grande mosteiro que logo teve uma grande influência. A regra que regia o convento era flexível e baseada na oração, no trabalho, no amor fraternal, na pobreza, na obediência e na hospitalidade. Essa regra inspirou a maior parte das ordens monásticas da época. Assim nasceu a ordem de São Benito (ou dos beneditinos). Conta a lenda que realizou numerosos milagres. Quando ainda bebê restaurou uma peneira que sua babá havia estragado. Mais tarde, quando alguns monges tentaram matá-lo dando-lhe pão envenenado, um corvo levou o pão.

São **Benito**, com hábito de beneditino, sustenta um bastão e não usa mitra, sinais de que foi abade de um mosteiro. Sustenta na mão sua célebre Regra. Sua lenda é representada pelo corvo e pela peneira estragada que se encontra a seus pés.

PRUDÊNCIO (século VI)

Prudêncio nasceu em Armentia. Ainda jovem foi viver mais intensamente sua vida cristã junto a um beato eremita muito famoso, que vivia em uma caverna perto de Sória, à margem do Duero. Este eremita, chamado Satúrio, é o atual padroeiro de Sória. Após a morte Satúrio, Prudêncio foi para Calahorra e depois para Tarazona, onde foi eleito bispo. Foi requerido na cidade episcopal vizinha de Burgo de Osma para solucionar certos problemas que havia ali entre o bispo e alguns cânones. Depois de solucioná-los, quando estava disposto a retornar a sua terra, foi vítima de uma doença grave e morreu. Por ter sido morto fora da diocese, seu corpo foi levado por um carro de mulas. Ao chegar a seis léguas da cidade, não houve força humana capaz de fazer com que o carro que levava os restos mortais do santo bispo se movesse, motivo pelo qual o cadáver foi enterrado em uma caverna próxima a Logroño, entre Ribafrecha e Clavijo. Ali mesmo foi construído um grande mosteiro.

MAURO (512-584)

Aos doze anos, Mauro foi confiado a São Benito. Foi seu sucessor como abade de Monte Casino. De acordo com a lenda, seu superior lhe ordenou que salvasse o companheiro, São Plácido, que estava se afogando. Para levá-lo até a margem, andou milagrosamente sobre as águas.

São **Mauro** é representado como monge com uma pá, provavelmente como símbolo do trabalho que os beneditinos tinham de fazer para se alimentar.

São **Félix** é representado com o hábito de bispo e sem atributos específicos. É um exemplo de identificação quase impossível, já que os bispos canonizados são muitos e existem ao menos 25 São Félix!

O calendário gregoriano

Há milhares de anos, os ciclos solares e lunares permitiram o homem contar o tempo. Os cristão seguem o ciclo solar (ao contrário dos chineses, judeus e muçulmanos) com o calendário juliano, instituído por Júlio César. Dele provém o calendário gregoriano, instaurado pelo papa Gregório XIII no ano 1582. Este calendário se converteu praticamente em calendário universal, especialmente no que se refere às relações internacionais.

Mas um ano não corresponde exatamente a um ciclo solar: a Terra demora um pouco mais de 365 dias para dar a volta ao Sol. Por isso foram necessárias correções, tais como os anos bissextos. Quando Gregório XIII adotou o novo calendário, teve que "compensar" vários dias de atrasos acumulados no calendário juliano: de 5 de outubro de 1582 passou para 15.

FÉLIX DE NANTES (+ 587)

"Foi um dos primeiros bispos de Nantes, e durante 33 anos, uma grande figura do episcopado merovíngio. Missionário e organizador ao mesmo tempo, realizou um trabalho evangélico considerável no campo, participando também ativamente na administração da cidade e no desenvolvimento de sua atividade portuária. A ele se deve a primeira catedral de Nantes." (Theo, p. 70)

O canto gregoriano

O canto gregoriano é o canto da Igreja romana há muitos séculos. O coro é cantado, sem acompanhamento. É atribuído a Gregório, o Grande, porque unificou a música litúrgica, mas, de fato, apareceu mais tarde; no século viii. Lembremos que o calendário gregoriano foi instituído no ano 1582 por outro papa, Gregório XIII.

"Quem canta ora duas vezes"

Desde seu nascimento, a música cristã foi uma oração cantada, que devia ser realizada não de maneira puramente material, mas com devoção ou, como dizia São Paulo: "Cantando a Deus em vosso coração". O texto era então a razão de ser do canto gregoriano. Na realidade, o canto do texto é baseado no princípio de que – de acordo com Santo Agostinho "quem canta ora duas vezes". O canto gregoriano jamais poderá ser entendido sem o texto, o qual tem prioridade sobre a melodia e é o que lhe dá sentido. Portanto, ao interpretá-lo, os cantores devem ter entendido muito bem o sentido do texto. Em conseqüência, deve-se evitar qualquer impostação de voz de tipo operístico em que se procure o esplendor do intérprete. O canto gregoriano é a origem dos modos gregorianos, que são a base da música ocidental. Deles vem o modo maior e menor, e outros cinco menos conhecidos.

O canto gregoriano é música vocal, isto é, que se canta a capela (sem acompanhamento de instrumentos). Canta-se em uníssono – somente uma nota por vez – o que quer dizer que todos os cantores entoam a mesma melodia. A esta maneira de cantar se denomina monodia. Muitos autores afirmam que não deveria ser admitido o canto de coro misto (ou seja, com homens e mulheres), já que os homens e as mulheres não podem cantar na mesmo altura, porque se estaria interpretando em duas vozes em oitavas. No entanto, levando em conta que tanto os homens, como as mulheres e crianças devem ter oportunidade igual de participar na liturgia, recomenda-se que, para não romper este princípio da monodia, o façam de forma alternada.

"A interpretação"

Canta-se com ritmo livre, de acordo com o desenvolvimento do texto literário e não com esquemas medidos, como poderiam ser os de uma marcha, uma dança ou uma sinfonia. Trata-se de uma música modal escrita em escalas particulares de sons. Os antigos gregos acreditavam que estas escalas (e não a música criada a partir delas, como é a crença atual) serviam para despertar sentimentos variados, como meditação, alegria, tristeza, serenidade, entre outros.

Sua melodia às vezes é silábica (quando a cada sílaba do texto corresponde a um som) e às vezes melismática quando a uma sílaba correspondem vários sons. Há melismas que contêm mais de 50 sons para uma só sílaba.

"A partitura"

O texto é em latim, língua oficial do Império romano estendida pela Europa (ainda não existiam as línguas românicas). Estes textos foram tomados dos salmos e de outros livros do Antigo Testamento. Alguns provinham dos evangelhos e outros eram de inspiração própria, geralmente anônima. No entanto, existem algumas peças litúrgicas em língua grega: Kyrie eleison, Agios ou Theós (para a liturgia da Sexta-feira Santa).

O canto gregoriano está escrito sobre tetragramas, ou seja, sobre quatro linhas, diferentemente do pentagrama (de cinco linhas) da música atual. As notas são denominadas quadradas (punctum quadratum ou "ponto quadrado"), virgas se aparecem individualmente, ou neumas se aparecem agrupadas. E têm valor igual em relação à duração.

São **Gregório de Tours** é representado com o hábito de bispo, sustentando um relicário*. Acredita-se que é a causa de sua devoção pela tumba de São Martinho, que visitava com freqüência quando era bispo.

GREGÓRIO DE TOURS (538-594)

Nasceu em uma família nobre da Gália. Foi nomeado bispo de Tours, cidade francesa, onde exerceu um papel muito positivo como mediador entre os filhos do rei merovíngio Clotário I. Além disso, amparou valentemente os direitos da Igreja e, em particular, o direito de asilo. "Querendo evitar a soberba, se esforçava em atribuir seus próprios milagres* aos méritos do santo predecessor, Martin. Tinha motivos particulares para isso. Porque, após acalmar uma tempestade com a ajuda de um relicário*, deixou que em seu coração entrasse a vaidade. Como castigo, Deus permitiu que pouco depois caísse de seu cavalo."
São Gregório de Tours nos deixou uma recopilação importante de vidas de santos e uma obra sólida de referência, a *História dos francos*, uma crônica da Alta Idade Média merovíngia em dez volumes.

PAULO AURELIANO (480-572)

Monge inglês que se estabeleceu na Ilha de Batz. Foi escolhido para ser bispo de Lyon. Ao final da vida, se recolheu para morrer em Batz. Cotam que quando saiu da Inglaterra não conseguiu uma sineta que um príncipe tinha. Um dia, enquanto explicava o quanto se lamentava por isso, uns pescadores lhe trouxeram um grande peixe que tinha na boca a sineta desejada.

HONORATO († por volta de 600)

Era membro de una família nobre e aparentemente foi bispo da cidade francesa de Amiens. Contam que, ao passar, a imagem de um crucifixo haveria inclinado a cabeça, para confirmar a autenticidade das relíquias que acabava de descobrir. A lenda conta também que o próprio Cristo teria ido consagrar o pão durante uma missa que celebrava.

PADROEIRO DOS PADEIROS

GREGÓRIO, O GRANDE doutor da Igreja (540-604)

Foi um grande administrador e prefeito de Roma. Logo, renunciou à carreira política, se tornou monge e fundou um mosteiro beneditino em suas terras. No ano 590, foi eleito papa durante uma época difícil, quando Roma era ameaçada pelos lombardos, e a peste e a fome devastavam o país. Então se encarregou com habilidade da defesa e abastecimento da cidade. Mas isso não fez com que se esquecesse da missão, e se dedicou também a evangelizar os povos bárbaros (lombardos, francos, anglos) que invadiram a Europa. Em particular, enviou monges à Grã-Bretanha para evangelizar os anglos. Esta igreja anglo-saxônica logo adquiriu um grande esplendor, tanto nas ilhas como no continente. Ainda que fosse o começo de uma reforma litúrgica, é errôneo lhe atribuir a criação do canto gregoriano.

DR

São **Honorato** é representado como bispo, com uma pá longa de assar pão. Detalhe do desenho da Escola Francesa, ***São Honorato***. Biblioteca Nacional da França, Paris.

São **Gregório, o Grande,** é representado como papa, com uma pomba que simboliza o Espírito Santo, que inspira uma de suas obras.

OUTROS SANTOS E SEUS PRINCIPAIS ATRIBUTOS

ANTOLINO (+ por volta de 304)

É venerado como padroeiro de Palência. Foi martirizado em Apamea, na Síria, durante as perseguições de Diocleciano. Primeiro derramaram óleo fervente e, como isso não lhe afetou, foi decapitado em seguida.

MÁRIO (+ 304)

De acordo com uma tradição legendária, Mário, a esposa Marta e os dois filhos Audifax e Ábaco, eram uma família persa nobre estabelecida em Roma que foi martirizada por Diocleciano.

TEODORO (+ 319)

Militar turco, nascido na Ásia Menor, matou um dragão. Incendiou um templo pagão. Sua cruz afugentou os citas. Coroa de espinhos e látego (instrumentos de seu martírio).

MARINO (+ por volta de 350)

Diácono; com cinzel de escultor. Um urso serve o santo, depois de ter devorado seu asno.

JUSTO (+ 381)

Bispo de Lyon com uma mitra aos pés. Lágrimas de remorso.

MÔNICA (+ 387)

Mãe de Santo Agostinho, sustenta uma bandeirola com o nome de Jesus.

PAULA de Roma (+ 404)

Instrumentos da Paixão de Cristo; peregrina; chicotadas como penitência. Está ajoelhada, às vezes com a filha, diante da manjedoura de Belém. Um barco se afasta com a filha a bordo.

MARIA EGIPCÍACA (+ 432)

Viveu como eremita no deserto; seus cabelos a cobriam; um leão escava sua tumba; três pães.

MADRONA (século IV)

Aparentemente foi escrava de uma mulher hebréia que a matou ao descobrir que era cristã. Suas relíquias, levadas para Marselha por alguns comerciantes, foram desviadas para Barcelona por uma tempestade.

CIRILO de Constantinopla (+ 444)

Religioso que recebe duas tábuas de um anjo.

AMÂNCIO (+ 449)

Foi o terceiro bispo da cidade de Como, no Norte da Itália, onde se distinguiu pela santidade e dotes de organizador.

ROMÃO (+ 468)

Bispo de Rouen, bendiz um porto fluvial com a cruz episcopal; um dragão ou uma serpente.

FLORIANO (+ 480)

Militar de Lorch (na atual Áustria), deteve um incêndio; uma roda de moinho pendurada no pescoço (foi afogado no Rio Ens).

TORÍBIO de Astorga (+ 480)

Passou um tempo na Terra Santa, de onde retornou para Astorga (de acordo com a tradição, com um pedaço da cruz capaz de protegê-la das invasões). A invasão dos godos lhe obrigou a se exilar em um mosteiro. Seus restos mortais estão no mosteiro que tem seu nome, em Liébana.

SEVERINO (+ 482)

Um abade que cura um homem; feixes de luz que descendem do céu.

MELÂNIO (+ 530)

Bispo de Rennes, curou um homem possuído; uma barca com seu caixão navega por um rio.

PLÁCIDO (+ 543)

Abade com uma espada e uma meia-lua, como lembrança de que foi assassinado por muçulmanos; predicou veementemente.

LEONARDO (+ 559)

Eremita; abade que sustenta correntes.

HERMENEGILDO (+ 585)

Era um príncipe, filho primogênito do rei Leovigildo. Casou-se com uma cristã e seu pai, que professava a fé ariana, o enviou como governador para o Sul da Espanha. O bispo de Sevilha, Leandro, o converteu. Rebelou-se contra o pai, foi vencido e finalmente executado em Tarragona por causa de sua fé. Foi decapitado a machadadas.

FULGÊNCIO (+ por volta de 633)

Nasceu em Cartagena, mas teve que se exilar em Sevilha com a família, da qual faziam parte os irmãos, os santos Leandro, Florentina e Isidoro. Foi bispo de Écija. É padroeiro de Plasencia.

BRÁULIO (+ 651)

Um dos bispos importantes da época visigoda. Foi bispo de Zaragoza. Homem de sólida formação cultural e moral, foi autor de numerosos escritos. Ao final da vida se ficou cego.

PANCRÁCIO (provavelmente século III/IV)

Sabemos unicamente que existiu, e que morreu pela fé, provavelmente durante as perseguições de Diocleciano. De acordo com a tradição foi um jovem mártir de 14 anos. É representado com a palma do martírio que sofreu ao ser decapitado. É invocado para se obter trabalho e todo tipo de favores.

QUITÉRIA (provavelmente século III)

É uma mártir da época das perseguições romanas que foi executada em Aquitânia. Domiciano recebeu a ordem de matá-la; buscou a jovem e lhe cortou a cabeça. Então, diante do horror do carrasco e a admiração dos companheiros, Quitéria pegou a cabeça coroada de virgem e mártir, caminhando até o lugar apontado por um anjo. Seu culto conquistou alta popularidade no norte da península ibérica; muitas tradições a consideraram erroneamente espanhola.

A EVANGELIZAÇÃO DA EUROPA DO NORTE

do século VII ao século XX

Aqueles tempos mais obscuros foram marcados pelo esforço em evangelizar os povos bárbaros, sobretudo na Europa do Norte (Germânia, Polônia, Inglaterra, Dinamarca), e pela criação de um novo império cristão do Ocidente, com Carlos Magno coroado pelo Papa; mas, também, pela expansão do Islã pela bacia mediterrânea e pelo desacordo entre os cristãos do Oriente e do Ocidente, o que provocou o isolamento progressivo de ambos.

Os santos mais conhecidos daquela época são bispos (São Malo, Santo Elói, São Leodegar, São Lamberto, São Humberto, São Conrado), abades (como São Cláudio, São Valério, São Gil) ou abadessas (Santa Gertrudes, Santa Otília, Santa Berta); todos extraordinários, por sua energia missionária e por sua piedade.

Outras pessoas de vida exemplar, como a freira Marina ou o rei Edmundo de East Anglia, também foram canonizadas.

VALÉRIO (✝ 619)

Nasceu em Auvérnia, no seio de uma família modesta, e tornou-se pastor. Como queria estudar, escreveu em algumas tábuas de madeira as letras do alfabeto, para poder repeti-las e aprender. Mais tarde, entrou para um mosteiro de Borgonha, em Auxerre, e, depois, em Luxueil, nos Vosges, onde eventualmente ocupou o cargo de abade. Sua principal obra consistiu em fundar uma abadia, que seria o núcleo de uma pequena população, no futuro chamada de Saint-Valéry-sur-Somme.

A grande doçura de São **Valério**, aqui como monge beneditino, atrai os passarinhos.

A lenda conta que São Malo, aqui com hábito de bispo, realizou uma milagrosa viagem aos mares do Norte. Pensando que era uma ilha, subiu no dorso de uma baleia e celebrou ali a missa.

MALO OU MACLOVIO (✝ por volta de 640)

É difícil separar sua vida real de sua lenda. Acredita-se que tenha nascido no País de Gales, onde se tornou monge e chegou a ser bispo. Viajou para o continente europeu e fundou um mosteiro em Aleth, população que se transformaria em Saint-Malo. Curou um príncipe que havia ficado cego depois de ter destruído uma igreja construída pelo santo homem. Parece que, por causa de algumas dificuldades, mudou-se para Saintonge, onde morreu.

ELÓI (590-659)

Nasceu em Limousin e aprendeu ourivesaria em Limoges. Seu talento no ofício levou-o a ser contratado pelo rei franco Clotário II, que, além disso, nomeou-o tesoureiro do reino. Conta-se que foi capaz de construir dois tronos com o ouro previsto para apenas um. Foi conselheiro do rei Dagoberto, filho de Clotário II. Mais tarde, foi nomeado bispo e passou o resto de seus dias fundando numerosos mosteiros (Noyon, Tournai, Saint-Quentin). A lenda atribui-lhe uma série de milagres, entre eles ter serrado a pata de um cavalo para poder colocar a ferradura mais facilmente e reenxertado posteriormente. Em outra ocasião, parece que com suas tenazes arrancou o nariz do diabo, que passava por ali disfarçado de mulher...

Santo Elói, representado como bispo, empunha uma ferramenta de ourives ou, às vezes, de forjador (martelo, bigorna ou tenazes). Detalhe de uma gravura de Mâitre de Balaam, ***Santo Elói em sua oficina de ourivesaria***. Museu das Artes Decorativas, Paris.

PATRONO DOS OURIVES
E FERREIROS DE FORJA

GERTRUDES DE NIVELLES
(626-659)

Nasceu em Landen, em Brabante. Já aos dez anos, expressou seu desejo de dedicar-se a Deus. Foi abadessa do mosteiro de cistercienses de Nivelles (na atual Bélgica), que sua mãe havia fundado. Ficou muito conhecida pela hospitalidade que prestou aos monges irlandeses. Ajudou o futuro São Folian a fundar um mosteiro.

Santa **Gertrudes** é representada como abadessa, com ratazanas e camundongos. Isso se deve ao fato de que o dia de sua festividade, em 17 de março, cai na época em que os roedores invadem os campos. Detalhe de um quadro do Mâitre da Légende de St. Lucy, ***Santa Gertrudes***. Museu de Arte da Estônia, Tallin, Estônia.

Os santos padroeiros

Normalmente, os santos são homens e mulheres que enfrentaram (a partir de um ponto de vista físico, sentimental e moral, assim como a partir da perspectiva das relações com seu ambiente) provas, preocupações e problemas, que souberam superar guiados por sua fé e por sua relação com Deus.

As cidades e países escolheram santos padroeiros, ligados à sua história, para que os protegessem. Os profissionais e irmandades de ofícios escolheram também santos padroeiros como referência para seus membros.

Citemos como exemplo:

- Santo Elói, padroeiro dos joalheiros.
- Santo Antônio Abade, padroeiro dos criadores de gado.
- Santa Marta, padroeira das donas de casa.
- Santa Cecília, padroeira dos músicos.
- São Lucas, padroeiro dos escultores, pintores e médicos.
- São Jorge e São Eduardo, padroeiros da Inglaterra.
- São Ivo, padroeiro dos homens de lei.
- Santa Genoveva, padroeira de Paris.

Desse modo, as paróquias foram colocadas sob a proteção de um santo, ao qual é dedicado o templo.

Mas a tradição quer também que os homens possam recorrer à intervenção de santos para que sejam curados ou para que obtenham ajuda em muitas situações. O livro *Saiba a que santo se recomendar*, de Jacques Veissid, Ed. Martínez Roca, Barcelona, 1995, cita milhares de situações nas quais é possível invocar um santo. Assim, por exemplo, curar uma doença (Santa Apolônia, para uma dor de dentes), em caso de perda de um objeto (Santo Antônio de Pádua), ou para libertar-se de um vício e desprezar as coisas mundanas (Santa Umbelina).

Portal sul da Igreja de Santo Ouen, Rouen, França. Um bom exemplo do gótico flamífero, oferecendo aos fiéis uma visão antecipada do reino de Deus.

ILDEFONSO (+ 667)

Ildefonso foi monge e abade do mosteiro de Agali. No ano 657, foi nomeado arcebispo de Toledo e se tornou um dos grandes personagens da igreja visigoda. Escreveu obras e hinos litúrgicos e destacou-se pela grande devoção à Virgem Maria. Quando os muçulmanos invadiram a Espanha, seus restos mortais foram levados para Zamora, onde agora são venerados.

LEODEGÁRIO (616-680)

Leodegário foi abade de um mosteiro de Poitou e, mais tarde, no ano 663, bispo de Autun, em Borgonha. Difundiu firmemente entre seus fiéis os dogmas da Trindade (p. 57) e da Encarnação*. Teve de enfrentar o terrível regente Ebroin, que o prendeu e fez com que lhe arrancassem os olhos e lhe cortassem a língua. Finalmente, foi decapitado. São Leodegário foi muito popular e cerca de 55 povoados da França levam seu nome.

Selo de um sacerdote da diocese de Autun, onde se vê como o verdugo maltrata São Leodegário. Detalhe de uma iluminação de Mâitre François, ***Martírio de São Leodegário***. Museu Condé, Chantilly, França.

CLÁUDIO (+ 696)

Pouco se sabe sobre os primeiros anos de sua vida. Nasceu em Salins, na região do Jura. Foi nomeado bispo de Besançon, cargo ao qual renunciou alguns anos depois para entrar num convento, no povoado de Jura, que ficaria conhecido como Saint-Claude, onde foi abade durante 55 anos. Depois de morto, reapareceu para cortar a soga de um enforcado. Certa noite, dois anjos iluminaram seu caminho.

São **Cláudio** é representado como um bispo jovem, com uma criança ressuscitada.

São **Lamberto**, com hábito de bispo, segura um livro (não uma lanterna) fechado dentro de um saco amarrado com um barbante, para poder levá-lo pendurado no braço ou no ombro. Com a mão esquerda, segura a lança de seu martírio.

LAMBERTO (+ 705)

Foi bispo de Maastricht, nos Países Baixos. Teve de se exilar num mosteiro devido a um desentendimento que teve com Dagoberto II, rei da Austrásia. Quando Pepino de Heristal se tornou regente do palácio real, Lamberto pôde voltar a seu posto. Mas, anos depois, foi vítima da vingança de Alpaida, concubina de Pepino, que mandou assassiná-lo no povoado que se transformaria na cidade de Lieja. Lamberto pediu a seus acompanhantes que não o defendessem e foi atravessado por uma lança.

Santa **Otília**, com hábito de freira, mostra seus olhos. Quadro de um pintor alemão anônimo, ***Santa Otília***. Museu de Belas-Artes, Dijon, França.

OTÍLIA (660-720)

No caso dessa grande santa, os fatos autênticos estão misturados com a lenda. Nasceu cega, e seu pai, um duque da Alsácia, queria matá-la, mas foi impedido pela mãe da menina. Ela foi entregue a um convento e no dia de seu batismo recuperou a visão. Fundou um mosteiro num castelo de seu pai, na montanha que ficaria conhecida como Monte Sainte-Odile.

PADROEIRA DA ALSÁCIA

BERTA (século VII)

Ao ficar viúva, decidiu dedicar-se a Deus. Em 686, fundou a abadia de Blangy, em Artois, onde se refugiou com suas duas filhas Gertrudes e Deotila. Um nobre flamengo propôs-se a raptar uma delas. Berta pegou a jovem e a levou ao pé do altar para renovar sua promessa de dedicar-se exclusivamente a Deus. Depois, fez o pretendente ver que tinha Deus como rival.

Santa **Berta**, vestida como religiosa, com as duas filhas, Gertrudes e Deotila.

São **Gil** com hábito de abade e a cerva ferida.

GIL (século VII)

Além do fato de ter sido abade de um mosteiro, não sabemos quase nada sobre a vida desse santo, um dos santos mais populares durante a Idade Média. Diz a lenda que vivia como um ermitão, alimentando-se unicamente do leite que lhe dava uma cerva. Certo dia, o rei feriu essa cerva. Para ser perdoado, o rei mandou construir um mosteiro, próximo a Arles, em Provença, do qual Gil foi abade.

Detalhe de um quadro de Mâitre de St. Gilles, ***Missa de São Gil***, National Gallery, Londres.

São **Humberto** aparece vestido de caçador ao lado de um cervo; entre os chifres do animal, surge uma cruz (ou, como acontece aqui, um crucifixo). Essa mesma cena, com um caçador vestido de soldado, indicaria que se trata de São Eustáquio.

HUMBERTO († 727)

Foi bispo de Tongres e de Lieja, e um grande evangelizador de toda a região. Algum tempo após sua morte, os caçadores adotaram-no como padroeiro, porque tinha fama de curar a raiva. Uma lenda surgida no século XV conta que Humberto se converteu quando, durante uma caça, viu aparecer uma cruz entre os chifres de um cervo ferido. Encontramos a mesma lenda para São Eustáquio.

MARINA (século VIII)

Quando seu pai entrou para um mosteiro da Galícia, levou consigo a filha Marina, na ocasião ainda criança, fazendo com que se passasse por um menino. Sob essa mentira, ela se tornou monge. Uma jovem dos arredores que ficou grávida pensou em acusar Marina de ser o pai da criança. Marina foi expulsa do convento e foi ordenado que assumisse a criança. Cinco anos depois, pôde voltar para o convento, onde ficou encarregada das tarefas mais desagradáveis. Quando morreu, soube-se da verdade, que destituía a santa, e a acusadora teve de confessar perante todo o mundo que havia agido perversamente.

Santa **Marina** é representada como uma religiosa, com uma criança pequena.

CONRADO († 976)

Foi bispo de Constância. Enquanto celebrava uma missa, uma aranha caiu em seu cálice justamente no momento em que ia fazer sua comunhão. Então, por respeito à presença real de Deus no vinho, bebeu do cálice. Esperou o pior, porque naquela época todas as aranhas eram consideradas venenosas. Quando chegou a hora de comer, não quis ingerir nada. Ao ser perguntado por isso, respondeu: "Espero um convidado que vai chegar logo." Alguns instantes depois, abriu a boca e a aranha saiu.

A característica que identifica São **Conrado** é a aranha que cai no cálice. Aqui está vestido de bispo.

EDMUNDO (841-870)

Edmundo foi rei de East Anglia. Quando enfrentou os dinamarqueses na Batalha de Thedford, foi capturado. Ao confessar sua fé cristã, foi amarrado a uma árvore e perfurado com flechas. Depois decapitaram-no. A lenda conta que um lobo ficou de guarda junto à cabeça cortada que continuava gritando "Hic, hic!" (isto é: "Aqui, aqui!"), para orientar os que o procuravam.

Santo **Edmundo** segura uma flecha nas mãos, ou aparece ferido por uma flecha. Distingue-se de São Sebastião por usar uma coroa real e pela presença de um lobo.

DR

OUTROS SANTOS E SEUS ATRIBUTOS PRINCIPAIS

SULPÍCIO, chamado o Piedoso (+ 647)

Bispo de Bourges está aos pés da cama do rei Clotário II que está doente; freqüentemente, cercado de soldados.

JULIÃO de Toledo (+ 690)

Natural de Toledo, estudou na escola da catedral. Presidiu diversos concílios e consolidou a primazia da sede toledana em toda a Espanha. Deixou numerosos escritos de explicação da doutrina católica.

JÚLIA de Cartago (+ 700)

É representada com uma cruz, instrumento de seu martírio; depois de morrer, uma pomba levanta vôo.

PRÓSPERO (+ 716)

Era bispo de Tarragona quando os muçulmanos invadiram a província. Fugiu para Gênova com as relíquias de São Frutuoso, os livros litúrgicos e os vasos sagrados. Morreu ao chegar lá.

RUPERTO (+ 718)

Enquanto era bispo de Worms, saiu para pregar pelo Vale do Danúbio e se tornou o primeiro bispo de Salzburgo.

BEDA, o Venerável (+ 735)

Beda, que significa "o que convence", era monge beneditino; dedicou toda sua vida ao estudo, à escrita e ao ensino. Interessou-se tanto pelos temas teológicos quanto pelos científicos.

BONIFÁCIO (+ 754)

Originalmente Winifredo, o Papa mudou seu nome para Bonifácio (o que fez ele bem). Morreu assassinado por pagãos frísios; ídolo jogado no chão; espada que atravessa um livro; uvas.

FREDERICO (+ 838)

Bispo de Utrecht, nos Países Baixos, tem duas espadas que atravessam seu corpo, de onde saem suas entranhas.

AURÉLIO E NATÁLIA (+ 852)

Aurélio, um cristão de Córdoba, casou-se com Natália, uma pagã a quem converteu ao cristianismo. Ao defender os cristãos diante do governador, foram executados.

OSCAR (+ 865)

Conhecido como "o apóstolo do Norte da Europa". Bispo de Hamburgo e incansável missionário. Converteu o rei Olaf da Suécia.

RAUL (+ 866)

Bispo de Bourges (França), mostrou uma grande preocupação com a formação de seus presbíteros. Construiu a catedral e fundou diversos mosteiros.

OROSIA (+ século VIII/IX)

Segundo a tradição, era princesa da Boêmia prometida em casamento ao rei de Aragão. Ao chegar a Jaca, foi capturada pelos muçulmanos que a torturaram até a morte. Padroeira dos endemoniados.

OLGA (+ 969)

Governante do principado de Kiev. Através de Constantinopla, entrou em contato com o cristianismo e foi batizada, introduzindo a fé em seu país.

Capítulo VI

A CRISTANDADE FEUDAL

Do século XI ao século XV

Durante esse período, houve uma simbiose total entre a vida civil e a religiosa. A sociedade européia conforma uma comunidade na fé sob o mandato espiritual do Papa, e todos reconhecem a supremacia da Igreja. Alguns soberanos, ou parentes próximos a eles, seriam reconhecidos como santos (Santo Olaf, rei da Noruega; São Henrique, imperador germano; São Luís, rei da França; Santa Joana da França, filha de Luís XI; Santa Isabel, rainha de Portugal). Não obstante, às vezes ocorreram conflitos com os chefes de Estado (São Estanislau foi assassinado pelo rei da Polônia, e São Tomás Becket foi morto por ordem do rei da Inglaterra).

Foi uma época em que apareceram clérigos com forte personalidade: São Ivo, São Geraldo, Santa Rita, Santo Antônio de Pádua, Santo Antônio etc.

É também a época das catedrais e das Cruzadas*, de anacoretas (Santa Rosália) e de mosteiros: São Bruno, com a ajuda de São Hugo, bispo de Grenoble, funda os cartuxos; São Norberto, os premonstratenses; São Domingos ("apóstolo da verdade"), os dominicanos; São Francisco de Assis ("apóstolo da caridade"), os franciscanos; Santa Clara, as clarissas; São Roberto e São Bernardo, os cistercienses, cuja propagação é imensa; Santa Brígida, a ordem do São Salvador; e ainda falta citar as ordens de cavalaria e a ordem das Mercês, fundada por São Raimundo e São Pedro Nolasco para resgatar os cristãos prisioneiros dos berberes. É a época das universidades criadas nas proximidades das catedrais e de uma rica reflexão teológica (São Tomás de Aquino, São Boaventura, Santo Alberto Magno, Santa Catarina de Siena). Mas é também, infelizmente, a época da Inquisição.

Depois do século XIII, o papado entra em conflito com o poder civil (principalmente com Felipe, o Belo, da França e, depois, com os imperadores da Alemanha). No século XIV, houve o exílio dos papas em Avignon, o cisma dos antipapas* e o fracasso da reconciliação com a Igreja Oriental.

Santa **Adelaide**, com a coroa imperial, pega com humildade a túnica grosseira do futuro São Odilon, abade de Cluny, e lhe diz: "Lembra-te de mim, meu filho, em tuas orações." Baixo-relevo de Adam, ***Altar de Santa Adelaide***. Castelo de Versalhes, França.

ADELAIDE (931-999)
A imperatriz amada

Filha do rei de Borgonha, casou-se com Lotário, rei da Itália, e, posteriormente, com Oton, o fundador do Sacro Império Romano-Germânico. Utilizou sua influência sobre o imperador para ajudar os pobres. Mandou construir igrejas, favoreceu os mosteiros e fundou a abadia de Seltz, na Alsácia, onde morreu.

São **Olaf** é identificado pela coroa real e por um machado na mão.

OLAF (995-1030)

Nasceu na Noruega e, já adulto, participou das expedições dos vikings. Converteu-se ao cristianismo em Rouen. Foi rei da Noruega até sua morte. Participou ativamente da cristianização de seu país, mas enfrentou a oposição dos nobres pagãos* que forçaram seu exílio em Novgorod. Tentou reconquistar seu reino, mas morreu na batalha de Stiklesad.
É venerado na Noruega e na Suécia.

HENRIQUE († 1024)

Foi duque da Baviera, rei da Germânia e, em 1014, se tornou imperador do Sacro Império Romano-Germânico. Usou seu grande poder para propagar a fé, facilitando a implantação de novos mosteiros e reconstruindo muitas igrejas.
De acordo com sua mulher, Santa Cunegunda, decidiram viver no celibato como penitência.

São **Henrique** assiste à pesagem de sua alma por São Miguel (com asas e segurando na outra mão uma espada para afastar o demônio), na presença de São Lourenço (como diácono). Baixo-relevo de Tillman Riemenschneider, ***Pesagem da alma de Henrique II na presença de São Lourenço***. Tumba de Henrique II e de Cunegunda. Catedral de Bamberg, Alemanha.

EDUARDO III, O CONFESSOR (1002-1066)

Anglo-saxão, era rei da Inglaterra antes que Guilherme a conquistasse. Era piedoso e amado por seu povo. Baseando-se nas melhores leis de seu país, promulgou o conjunto de "Leis de Eduardo, o Confessor". Mandou construir a primeira abadia de Westminster, lugar onde morreu. A lenda conta que São João, disfarçado de mendigo, pediu caridade ao rei. O rei deu-lhe um anel de ouro que sete anos depois lhe foi devolvido como anúncio da proximidade de sua morte.

ESTANISLAU (1030-1079)

Nasceu na Cracóvia, no seio de uma rica família polonesa. Ao voltar dos estudos na França, distribuiu seus bens aos pobres e foi ordenado sacerdote. Em 1072, foi nomeado bispo da Cracóvia. Então recriminou a conduta escandalosa do rei Boleslao II, decretando sua excomunhão. Como vingança, o rei acusou-lhe de ter roubado e matado um tal de Pedro. Logo, o rei em pessoa assassinou Estanislau enquanto celebrava a missa.

OLEGÁRIO OU OLEGUER (1060-1137)

Era filho do valido de Ramón Berenguer I e foi sucessivamente presbítero da catedral, cônego, abade da ordem de Santo Agostinho em San Adrián del Besós, bispo de Barcelona e arcebispo da Tarragona reconquistada, que foi reorganizada e se tornou independente da sede metropolitana de Narbona.

Não foi ordenado sacerdote até os 35 anos, porque sua humildade o impedia de reconhecer que antes estivesse preparado. De fato, não custou pouco colocar sobre sua cabeça a mitra de Barcelona e em suas mãos o báculo, já que ele não queria aceitá-los considerando que eram uma dignidade excessiva e poucos os seus méritos; chegou até a fugir à noite e as autoridades clericais tiveram de "capturá-lo" em Perpignan; e dizem que até o próprio Dom Rodrigo teve de suplicar ao papa Pascoal II para que o obrigasse a aceitá-la. Pode ser que o fato seja lenda ou talvez reflita somente sua humildade.

No ano 1118, o papa confiou-lhe a missão de repovoar e restaurar a metrópole de Tarragona, recém-conquistada pelos árabes, e que uniu provisoriamente o bispado barcelonês sob sua custódia.

Em 1131, Ramón Berenguer III nomeou-o seu primeiro testamentário. Naquele mesmo ano, Olegário assistiu ao conde em sua última hora. Em 1123, o I Concílio de Latrão designou-o como legado papal para toda a península, e nesse novo cargo teve de mediar as disputas que mantinham Afonso de Castela e Ramiro de Aragão.

A diocese de Barcelona deve-lhe o apoio ao culto à Santa Eulália, bem como a restauração dos sínodos.

Às vezes, para ilustrar que São **Bruno**, vestido como cartuxo, renunciou ao cargo de bispo, é pintada uma mitra jogada no chão. O santo está diante de uma cruz com os braços formados por ramas de oliveira, porque *"a oração dos cartuxos, como a oliveira, dá frutos cheios de doçura nos campos mais estéreis"*. Às vezes, esse santo é representado com estrelas (emblema dos cartuxos), meditando na frente de uma caveira, ou com um dedo nos lábios. São Bruno distribui seus bens.

BRUNO (1030-1101)

Bruno, um jovem da nobreza, foi ordenado sacerdote e ascendeu a cônego em Colônia, sua cidade natal. Lecionou em Reims; um de seus alunos tornou-se papa: Urbano II. Atraído pela vida de ermitão, e animado pelo futuro São Roberto de Molesme, retirou-se com seis companheiros nas montanhas da Cartuxa, nos Alpes. Ali construíram um mosteiro no qual os monges levavam uma vida de retiro, ascetismo e trabalho. Esse mosteiro, chamado de a Grande Cartuxa, foi o primeiro mosteiro da ordem dos Cartuxos. O papa Urbano II obrigou-o a deixar sua vida de ermitão, porque desejava que o aconselhasse para reformar a Igreja. Logo, Bruno retomou sua vida monástica em Calábria, lugar onde morreu. Deu orientações para regular a vida dos cartuxos, mas a Regra precisa só foi redigida pouco tempo depois.

São Hugo de Grenoble como bispo, com um dos gansos que transformou em tartaruga.

HUGO DE GRENOBLE (1053-1132)

Foi um sacerdote que se transformou em conselheiro do papa Gregório VII, que se esforçou para reformar a Igreja. Foi nomeado bispo de Grenoble em 1080. Atraía-lhe a vida contemplativa dos mosteiros e renunciou várias vezes ao cargo de bispo, mas o papa se negou a aceitar sua demissão. Acolheu com fervor São Bruno e seus seis companheiros (após ter visto sete estrelas num sonho) e acompanhou-lhes pessoalmente à Cartuxa, onde São Bruno construiu o mosteiro da Grande Cartuxa.

Uma lenda conta que São Hugo surpreendeu alguns monges quando iam comer gansos assados, o que era proibido pela Regra*. O santo abençoou as aves, que se transformaram em tartarugas.

São Hugo é representado com hábito de cartuxo, recebendo São Bruno (às vezes com estrelas, emblema dos cartuxos). Detalhe de um quadro da Escola de Avignon, ***A Virgem e o menino entre São Hugo, um santo bispo e dois doadores***. Museu do Petit Palais, Avignon, França.

São Roberto, vestido com o hábito cisterciense, segura nas mãos os mosteiros que ajudou a fundar. Às vezes é representado recebendo um anel de ouro que lhe é dado por Maria. Detalhe do quadro ***São Roberto e outros santos beneditinos***. Museu Crozatier, Le Puy-en-Velay, França.

ROBERTO DE MOSLESME (1024-1110)

Ingressou numa abadia de beneditinos, que abandonou desiludido pelo laxismo da comunidade. Colocou-se na frente de um reduzido grupo de monges que, após um período de genuína pobreza, caiu na mesma falta. Por isso, no ano 1098, com a autorização de seu bispo, fundou uma comunidade nova na população borgonhesa de Citeaux, decidido a recuperar a Regra de São Benedito. Foi a origem da Ordem Cisterciense que, com São Bernardo de Clairvaux, ganharia uma imensa importância em todo o Ocidente.

NORBERTO (1080-1134)

Foi um jovem aristocrata renano que desfrutou da vida antes de converter-se ao cristianismo e ser ordenado sacerdote. Mais adiante foi nomeado cônego*. Como a vida dos cônegos de Saint-Martin-de-Laon não era de seu agrado, fundou a ordem dos premonstratenses, uma comunidade dedicada à vida contemplativa e ao serviço das paróquias. Em seguida, foi nomeado bispo de Magdeburg, onde trabalhou para reformar a diocese.
A lenda conta que engoliu uma aranha que caiu em seu cálice (como São Conrado), que logo cuspiu ao espirrar.

São Norberto, com hábito talar, segura uma custódia*.

GERALDO DE VILLAMAGNA (+ 1138)

Sabemos pouco sobre sua vida, já que muitos episódios se confundem com os da vida de seus homônimos (entre eles o beato Geraldo dei Tintori). Foi um modesto leigo da Ordem de São João de Jerusalém (atualmente Ordem de Malta). Quando ficou velho, trancou-se numa cela isolada para rezar.

São Geraldo, vestido de monge, segura uma rama com cerejas. A lenda conta que, em seu leito de morte, no mês de janeiro, teve desejo de comer cerejas. Apesar de não ser a época, uma cerejeira milagrosamente deu frutos.

O santoral

O santoral é um calendário litúrgico* estabelecido pela Igreja, cuja origem remonta ao ano 354. Foi reformado em 1969, depois do Concílio Vaticano II, mudando o dia da celebração de alguns santos para que correspondesse à data de sua morte (para um cristão, a data do verdadeiro nascimento), e conservando unicamente os santos mais importantes (aproximadamente 2 mil).

Há cerca de 35 mil santos. Entre eles, mais de 30 mil são mártires; os demais são denominados "confessores da fé".

Há santorais que retomam o calendário litúrgico da Igreja, mas o adaptam para mencionar preferencialmente os santos cujos nomes são utilizados como nome de batismo.

O santoral permitiu que, em função das estações, surgissem provérbios ligados à meteorologia, por exemplo:
"Por São Brás (3 de fevereiro), a cegonha verás e, se não a vires, ano de neves."
"Água de São João (24 de junho), tira o vinho e não dá pão."
"Pelos Santos (1º de novembro), neve nos campos."

Santa **Rosália** aparece aqui gravando na entrada de sua caverna o desejo de viver como ermitã dali em diante.

ROSÁLIA († 1160)

Sua vida está parcialmente envolvida em lendas. Nasceu no seio de uma família nobre siciliana. Isolou-se no Monte Pelegrino, próximo a Palermo, onde viveu numa caverna como ermitã. Conta-se que protegeu a cidade de Palermo da peste, que a tem como padroeira. No século XVII, sua tumba foi descoberta no alto do Monte Pelegrino, que desde então se transformou em ponto de peregrinação. Os restos da santa encontram-se agora na catedral de Palermo.

ISIDORO († 1170)

Quando nasceu, por volta do ano 1100, Madri era uma pequena cidade que tinha acabado de ser conquistada pelos muçulmanos. Era um humilde lavrador sem terras, calado e amável, que se levantava cedo para rezar em várias igrejas ("Para ouvir missa e dar alimento, nunca se perde um dia de trabalho") e que, apesar de sua pobreza, dava o que podia aos pobres. Muitos milagres são atribuídos a ele, entre eles a ressurreição de seu filho que havia caído num poço. Em outra ocasião, também devolveu a vida a Maria Vargas, filha de seu patrão e sua afilhada.

Era costume em Castela que o senhor desse como salário a seus criados alguns pedaços de terra, o *pegujal*. Isidoro trabalhou seu *pegujal* e produziu uma enorme quantidade de grãos. Mas a ganância do amo fez com que não ficasse satisfeito. Então Isidoro disse: "Pegue, senhor, todo o grão. Eu ficarei com a palha". O pouco trigo que havia ficado entre a palha multiplicou-se milagrosamente para a admiração de todos.

Como havia sido acusado por outros lavradores de descuidar do trabalho para rezar, conta a lenda que um anjo desceu do céu para arar em seu lugar.

Isidoro é representado com uma capa de pano marrom malfeita e com abarcas. Contemporâneo do Cid, foi como ele um exemplo da forte alma castelhana.

BERNARDO DE CLAIRVAUX (1090-1153), doutor da Igreja

Pertenceu a uma família da nobreza borgonhesa. Após a morte de sua mãe, aprofundou-se na vida espiritual e aos 22 anos, com vários companheiros, ingressou na abadia de Cîteaux, próximo a Dijon; um mosteiro onde a ordem* dos beneditinos estava se reformando progressivamente. Quando tinha 25 anos, Bernardo foi enviado para fundar uma abadia em Clairvaux.

Ali ficou dividido entre o desejo de levar uma vida contemplativa e as inumeráveis funções que exigia seu cargo. Foi um homem muito ativo: dirigiu seu mosteiro, redigiu numerosos textos teológicos e suscitou a fundação de 160 mosteiros. Além disso, foi predicante e impulsionador da segunda cruzada.

Foi conselheiro de papas e reis. Combateu as divisões no seio da Igreja e se opôs à tentativa da Igreja de aumentar seu poder temporal. Ao mesmo tempo, lutou contra a intromissão dos príncipes e reis na vida eclesiástica. Foi o fundador da ordem cisterciense.

São **Bernardo** está representado aqui como monge cisterciense, debilitado pelo jejum, com os símbolos da Paixão* de Cristo. Também é representado com seu crucifixo de abade, um cachorro branco (como alusão a um sonho de sua mãe), um diabo acorrentado, um livro, uma mitra* no chão (porque recusou ser bispo) ou uma colmeia (porque sua eloqüência era doce como o mel).

TOMÁS BECKET (1117-1170)

Nasceu em Londres e foi arquidiácono* do bispado de Canterbury. O rei Henrique II, seu amigo, nomeou-o chanceler do reino, cargo que exerceu de acordo com os desejos do rei. Foi nomeado então arcebispo* de Canterbury e, portanto, Primado da Inglaterra. Desde o momento de sua nomeação, considerou estar exclusivamente a serviço da Igreja, o que o levou em certos casos a enfrentar violentamente o rei, especialmente quando este quis subordinar a justiça eclesiástica à justiça secular. O desentendimento foi tal que Tomás teve de se exilar na França. Alguns anos depois, em 1170, Tomás se reconciliou com o rei e pôde voltar para a Inglaterra. Mas as tensões entre ambos subsistiram e Tomás foi assassinado na catedral, por ordem do rei. Mais adiante, o rei Henrique II viu-se obrigado a fazer penitência pública diante do túmulo de Tomás Becket.

São **Tomás Becket** é representado com hábito eclesiástico, com uma espada ou um machado que lhe corta o crânio. Seu martírio inspirou T. S. Eliot, que, em 1935, escreveu sobre sua morte uma magnífica obra de teatro, *Assassinato na catedral*. Detalhe do quadro ***Morte de Tomás Becket***. British Library, Londres.

São Bernardo sentia uma grande devoção por Maria. A tradição diz que quando ele começava o "Deus te salve, Maria!", a Santa Virgem Maria respondia: "Eu te saúdo, Bernardo".

Aqui São **Domingos** é representado com hábito de dominicano (túnica branca e capa preta) e uma estrela. Também é representado com um cachorro branco com manchas negras, um lírio ou um livro. Afresco de Fra Angelico, ***A coroação da Virgem com os santos Tomás, Benedito, Domingos, Francisco, Pedro Mártir e Paulo***. Museu de San Marco dell'Angelico, Florença, Itália.

Detalhe de um afresco de Fra Angelico, ***A ressurreição de Cristo com a Virgem e São Domingos***. Museu de San Marco dell'Angelico, Florença, Itália.

DOMINGO DE GUSMÃO

(1170-1221)

Nasceu na província de Burgos. Estudou em Palência e, ao terminar os estudos, passou a fazer parte dos cônegos de Osna. Acompanhou seu bispo numa viagem à Escandinávia. Quando passou pelo Languedoc, constatou os estragos causados pela heresia albigense. O papa Inocêncio III, muito preocupado com esse grave problema, enviou Domingo para que pregasse a fé católica pela região. Ali, logo entendeu que a heresia se propagava devido à vida austera e edificante dos caudilhos albigenses e ao descrédito que causavam a negligência e ignorância do clero católico. Enfatizou sua missão fazendo voto de pobreza e oração. Domingo fundou uma nova ordem, a dos predicantes, chamados dominicanos, dedicados fundamentalmente à pregação. Percorreu a região, prisioneira da sangrenta cruzada contra os albigenses, pregando e organizando debates. Conta a lenda que sua mãe, enquanto aguardava sua volta, viu o filho em sonho, marcado com uma estrela e na companhia de um cachorro branco e preto que segurava uma tocha. É por isso que no escudo dos dominicanos aparece um cachorro (que originou o jogo de palavras "*domini canis*", cachorro do senhor, por "dominicano") que segura uma tocha acesa, como símbolo da verdade. O lírio aparece como símbolo de pureza, a pena representa o estudo e a estrela, o santo fundador.

Detalhe de um afresco de Fra Angelico, ***Cristo saindo do túmulo***. Museu de San Marco dell'Angelico, Florença, Itália.

São Francisco é sempre representado com hábito de monge franciscano (túnica de estamenha e um cinto de corda de três nós, que representam os três votos: pobreza, castidade e obediência). Freqüentemente, são representados os estigmas*, como foi feito aqui. Às vezes, ele segura um galhardete onde está escrito *"Deus meus omnia"* (Meu Deus é tudo). De acordo com a lenda, às vezes, aparece nesse o lobo domesticado por ele, os pássaros e os peixes para os quais falava de Deus.

FRANCISCO DE ASSIS

(1186-1226)

João Bernardone nasceu em Assis. Seu pai, vendedor de tecidos, deu-lhe o nome de Francisco, porque viajava muito à França para comprar mercadorias. Levou uma vida libertina, mas foi feito prisioneiro durante uma guerra local. Durante o cativeiro, refletiu e sentiu a chamada da vocação; logo depois, viveria a serviço de Deus e se casaria com a "Senhora Pobreza". Doou seus bens aos pobres e começou a viver como um ermitão. Logo teve discípulos que se uniram a ele para levar uma vida de louvação a Deus, castidade, pobreza e pregação da Palavra. Desse modo, nasceu a ordem dos franciscanos.
No ano 1212, a jovem Clara de Assis, sob a orientação de Francisco, fundou uma ordem similar para mulheres, as futuras clarissas. Mais adiante, foi instituída uma ordem para os leigos que permaneceram no mundo, baseada nos mesmos valores que os da ordem franciscana: a ordem de "terciários" franciscanos.
Por volta do final de sua vida, Francisco confiou ao irmão Elias a direção da ordem, que já havia se tornado muito importante, e viveu isolado nas proximidades de Assis, dedicado à contemplação até sua morte.

ISABEL DE HUNGRIA

(1207-1231)

Era filha do rei da Hungria André II. Casou-se, teve três filhos e ficou viúva aos vinte anos de idade. Então, teve de enfrentar muitas humilhações e foi expulsa do castelo familiar. Tornou-se irmã terciária franciscana e levou uma vida de caridade cuidando de pobres e doentes. Morreu aos 24 anos de idade em Marburgo, Alemanha. Segundo a lenda, roubou comida para dar aos necessitados. Ao ser descoberta, disse que estava levando rosas para fazer uma coroa. Ao registrá-la, a comida efetivamente havia se transformado em rosas.

Isabel da Hungria é representada com uma coroa e com pães ou rosas.

ROQUE
(1200-1237)

Nasceu em Montpellier. Na ocasião de uma peregrinação a Roma, teve que enfrentar uma peste que assolava a cidade. Roque cuidou dos doentes e acabou pegando a doença. A lenda conta que foi cuidado por um anjo e que um cachorro trazia todos os dias um pão para que ele pudesse se alimentar. Curou-se e pôde voltar para Montpellier, onde foi confundido com um espião. Morreu encarcerado.

São Roque é representado freqüentemente com hábito de peregrino (às vezes, com um bordão* nas mãos e uma vieira no chapéu). Na coxa tem uma chaga provocada pela peste, que é tratada por um anjo. A seus pés está o cachorro que lhe trazia pão para ele comer.

Santo Antônio de Pádua é representado com saial marrom de franciscano, um lírio (às vezes, em forma de cruz), um livro e o Menino Jesus. Às vezes, é representado também com um asno, porque o animal teria se ajoelhado diante de uma hóstia consagrada, convencendo assim um incrédulo da presença de Cristo na sagrada forma.

ANTÔNIO DE PÁDUA, doutor da Igreja
(1195-1231)

Antônio de Pádua nasceu em Lisboa. Foi primeiro cônego* em Coimbra, antes de entrar para os franciscanos. Foi um grande teólogo e combateu a heresia dos albigenses*, através de uma vida marcada pela pobreza, pela oração e por uma ardente predicação. Continuou seu trabalho no Norte da Itália e no Sul da França. Realizou numerosos milagres. Depois, retirou-se para Pádua, na Itália, onde morreu aos 36 anos com fama de santidade. Foi canonizado apenas 11 meses depois de sua morte. É um santo muito representado nas igrejas.

A tradição quer que Antônio de Pádua seja invocado para encontrar um objeto perdido. É irônico saber que Santo Antônio sempre pregou contra a avareza e a usura.

Santa Clara é normalmente representada com o hábito das franciscanas, segurando um crucifixo ou, às vezes, um lírio ou uma lâmpada a óleo. Costumavam ser ilustrados diferentes episódios de sua vida, como o encontro com São Francisco ou expulsando os sarracenos com uma custódia*.

CLARA

(1193-1253)

Nasceu em Assis, numa família de nobres. Escutou São Francisco pregando o futuro e decidiu unir-se a ele. No domingo de Ramos do ano 1212, iniciou sua vida religiosa com os beneditinos, à qual logo se uniu sua irmã Inês. Mais adiante, movida por Francisco, fundou a ordem das Damas Pobres (as clarissas), seguindo o modelo da ordem franciscana. Clara nunca abandonou seu mosteiro de Assis, dedicada ao que estava à sua volta, apesar de ter uma saúde muito frágil. Em duas ocasiões, Assis foi invadida pelos exércitos de Frederico II, nos quais estavam alistados muitos sarracenos. Pegaram Clara, que estava doente, e transportaram-na em uma liteira até as muralhas da cidade. Ali, armada somente com uma custódia*, fez com que o exército inimigo fugisse. Muitos familiares seus, entre eles sua mãe, uniram-se a ela no convento. Morreu quando tinha 60 anos de idade e o papa Inocêncio assistiu pessoalmente seu enterro.

LUÍS DE FRANÇA

(1214-1270)

Foi educado por sua mãe, Branca de Castela, rainha da França e uma mulher extraordinária. Aos 12 anos foi coroado rei da França, imbuído do desejo de trabalhar pela justiça e pela paz. É apropriado que seja representado debaixo de um carvalho, proclamando a justiça. Em todos os atos de sua vida pública e familiar deixou-se levar pela fé. Com esse espírito, tentou liberar o túmulo de Cristo durante a sétima e oitava cruzadas. Levou a Paris a coroa de espinhos, uma das relíquias da Paixão* de Cristo. Morreu doente de peste em Túnis.

São **Luís** é representado como rei da França, com uma coroa, cetro e vestido ornado com flores-de-lis, proclamando a justiça ou segurando nas mãos a coroa de espinhos. Detalhe de um pergaminho da Escola Francesa, ***O rei São Luís com o cetro e a mão da Justiça***. Centro Histórico dos Arquivos Nacionais, Paris.

À esquerda, **São Ricardo**, bispo, anima um monge. Às vezes, ele é representado com uma carroça.

RICARDO (✝ 1253)

Nasceu numa família pobre da Grã Bretanha. Começou trabalhando duro no campo, antes de estudar em Oxford e Paris. Foi nomeado chanceler da Universidade de Oxford e, posteriormente, bispo de Chichester. Apoiou decididamente as ordens monásticas que viviam da caridade, ordens que encontravam fortes oposições.

BOAVENTURA, doutor da Igreja (1221-1274)

Nasceu na Itália e estudou teologia em Paris. Entrou para a ordem dos franciscanos, da qual chegou a ser superior geral aos 36 anos de idade. Teve de mediar as duas correntes da ordem, os que desejavam se abrir à cultura do mundo e os que se mantinham fiéis à pobreza de suas origens. Foi nomeado cardeal* e participou no Concílio* de Lyon, que conseguiu reconciliar provisoriamente católicos e ortodoxos.

São Boaventura é representado aqui como bispo, no Concílio de Lyon. É freqüentemente representado com hábito de franciscano (túnica marrom com cinto de corda com três nós) e barrete de cardeal, recebendo um rosário das mãos de Santa Maria. Detalhe de um quadro de Crivelli, ***São Boaventura***. Museu Jacquemart-André, Paris.

A *Lenda dourada*

No fim do século XIII, Jacques de Voragine, futuro arcebispo* de Genes, baseando-se nos livros utilizados pelo clero, escreveu um livro intitulado *Lenda dourada*, destinado ao grande público da época, onde narrava com muitos detalhes a vida legendária de mais de 180 santos.

Não é um livro de história tal como nós a entendemos, mas sim uma epopéia popular muito romanesca. Até a época do Renascimento, alcançou um extraordinário sucesso: seus leitores encontravam ali elementos enciclopédicos (história, geografia, ciências naturais), relatos de aventuras dignos dos melhores romances, modelos a seguir em suas próprias vidas e a atração pelo sobrenatural.

No século XVII, a *Lenda dourada*, que teve uma considerável influência sobre a representação artística dos santos, foi muito criticada. Apesar disso, hoje se considera uma sublime obra-prima, característica de sua época.

Santo Alberto Magno é representado com hábito de dominicano em sua cátedra. Detalhe do quadro de Joos van Gent e P. Berruguete, ***Retrato sentado de Santo Alberto Magno***. Galeria Nacional delle Marche, Urbino, Itália.

ALBERTO MAGNO, doutor da Igreja

(1200-1280)

Nascido na Alemanha, terminou os estudos em Pádua e entrou para a ordem dos dominicanos. Ensinou teologia e filosofia na Alemanha e França, sobretudo em Paris. Começou a considerar uma síntese entre a filosofia e a teologia, um caminho que seria seguido com audácia por Tomás de Aquino. Foi nomeado bispo de Colônia. Um dia deixou o cargo e dedicou-se ao ensino e aos estudos.

São Tomás de Aquino é representado como dominicano, com um sol no peito ou nas mãos para simbolizar a ciência divina da qual estava imbuído. Às vezes, se coloca estendido a seus pés um personagem que simboliza a heresia*. Detalhe de um afresco de Fra Angelico, ***A coroação da Virgem com os santos Tomás, Benedito, Domingos, Francisco, Pedro Mártir e Paulo***. Museu de San Marco dell'Angelico, Florença, Itália.

RAMON NONATO (1204-1240)

Seu nascimento foi por cesariana; daí seu nome, "o que não nasceu". Fundou a ordem dos mercedários, dedicados a redimir cativos dos berberes. Ofereceu-se para substituir cristãos presos cuja fé estava enfraquecendo. Aos 36 anos foi nomeado cardeal.

Quando se oferecia como refém para garantir o pagamento do resgate dos cativos cristãos, **São Ramon** vivia entre os muçulmanos. Seu entusiasmo fazia com que pregasse contra o Islã, o que o fez sofrer ameaças de morte. Seu amo, que não desejava perdê-lo, viu-se obrigado a fechar sua boca com um cadeado, que acabou se tornando sua característica.

TOMÁS DE AQUINO, doutor da Igreja (1225-1274)

Nasceu no seio de uma família nobre do reino de Nápoles. Quis entrar para a recém-criada ordem dos dominicanos, mas sua família se opôs. Desagradava à família de Tomás que a ordem criticasse muitos aspectos da Igreja e da sociedade de sua época. Continuou sua formação em Colônia, onde teve como mestre outro dominicano célebre: o futuro Santo Alberto Magno. Levou uma intensa vida espiritual com pregações e meditações. Ao terminar seus estudos, lecionou na Universidade de Paris. Depois, mudou-se para Roma, onde escreveu *Summa Theologiae e Summa contra gentios*.

A genialidade da obra de Tomás de Aquino reside no fato de ter conseguido realizar uma vasta síntese entre o pensamento tradicional dos pais da Igreja e as exigências de racionalismo de sua época, profundamente marcado pela redescoberta de Aristóteles e Platão. Pôde assim oferecer uma visão global, onde se harmonizam, com uma rigorosa lógica, a fé e a razão, o natural e o sobrenatural, teologia e filosofia, escolástica e dialética, sem prejuízo da autêntica fé.

Santa Wilgefortis, ou Santa Liberata, uma santa puramente legendária

Essa santa é representada com um vestido longo, com barba e crucificada. É uma santa puramente legendária, saída de um absurdo iconográfico.

A lenda conta que uma jovem chamada Wilgefortis fez o voto de dedicar-se a Deus. Seu pai, um rei pagão de Portugal, queria casá-la. Ela suplicou a Deus que desfigurasse seu rosto. Deus concedeu-lhe o desejo, fazendo com que lhe crescesse uma abundante barba. Seu pai acusou-lhe de ser bruxa e mandou que a crucificassem.

A origem dessa lenda encontra-se numa iconografia mal interpretada. Um crucifixo bizantino venerado em Lucca representava Cristo de maneira oriental: com barba e vestido com uma longa túnica adaptada. No Ocidente, acostumados a ver Cristo vestido somente com uma tanga, consideraram essa representação como uma mulher. Embora isso fosse insólito, as almas piedosas não tiveram nenhuma dificuldade em inventar uma lenda com uma jovem barbuda como protagonista.

Seu culto durou algumas décadas durante o século XVI, sobretudo porque a santa era invocada para curar as crianças "tortas", raquíticas, uma vez que a túnica da suposta santa ficava enrolada ao redor dos tornozelos.

IVO (1253-1303)

Ivo Helori nasceu na localidade bretã de Treguier. Estudou teologia e leis. Assim que ordenado, foi nomeado pároco e, mais tarde, juiz eclesiástico de Treguier e Rennes. Foi um juiz exemplar, defensor dos oprimidos.

PADROEIRO DOS JURISTAS E ADVOGADOS. COM SANTA ANA, É TAMBÉM PADROEIRO DA BRETANHA (FRANÇA).

Santo Ivo com toga de juiz, segura nas mãos um pergaminho ou uma pasta com escritos e documentos legais. Às vezes, é representado proclamando a justiça. Estátua da Escola Francesa, ***Santo Ivo***, proveniente da igreja de São Martinho. Museu da Picardia, Amiens, França.

BRÍGIDA DA SUÉCIA (1303-1373)

Nasceu no seio de uma família de nobres suecos, casou-se e teve oito filhos. Aos quarenta anos, já viúva, \ao voltar de uma peregrinação em Santiago de Compostela, decidiu se consagrar freira. Levou uma vida exemplar, durante a qual escreveu uma importante obra de caráter espiritual (as *Revelações*), e fundou a Ordem do São Salvador (as brigidinas), que tem como símbolo cinco chamas vermelhas. Apareceram-lhe estigmas.

Santa **Brígida** (aqui como uma religiosa da Ordem do São Salvador, identificada por seu hábito) é representada segurando um livro (ou uma coroa ou um círio). Diz a tradição que, todas as sextas-feiras, deixava que caíssem gotas de cera em suas mãos, como lembrança da Paixão de Cristo. Litografia de Carl Larsson, ***Santa Brígida da Suécia***, retirada de um livro sobre as mulheres ilustres da Suécia. Coleção particular.

CATARINA DE SIENA, doutora da Igreja
(1347-1380)

Ao chegar aos dezesseis anos, decidiu viver como ermitã em sua casa, seguindo os preceitos da ordem terciária de São Domingos. A santidade de sua vida fez com que se tornasse cada vez mais influente, chegando ao ponto de ser levada para debater com o próprio papa Gregório IX sobre a desastrosa situação da Igreja. Este lhe recomendou que abandonasse o luxo de Avignon e voltasse para Roma. Quando teve de escolher o sucessor de Gregório IX, aconteceu o Cisma do Ocidente, quando foram eleitos dois papas. Catarina se empenhou a fundo para apoiar o papa de Roma, Urbano VI, de quem foi conselheira. Embora não soubesse escrever, sua morte deixou uma considerável obra de caráter espiritual (*Diálogos*, *Cartas*). Apareceram-lhe estigmas. Como muitos místicos, teve visões de Cristo e dos santos. Mas sofreu outras visões que eram demoníacas e que apareciam em épocas de aridez espiritual. Teve também desencontros com as autoridades hierárquicas e foi denunciada perante o Capítulo Geral dos dominicanos, que a exonerou.

Santa Catarina de Siena é representada com hábito de religiosa dominicana, com um lírio e um livro (que caracteriza seu respeito pelas Escrituras). Às vezes carrega um rosário*. É representada com estigmas.

Joana D'Arc é representada com couraça, armada (ou com um galhardete) e com um capacete sem viseira. Às vezes aparece como pastora, ouvindo as vozes dos santos. Detalhe de uma ilustração do *Livro de vigílias* de Carlos VII, ***Joana D'Arc na fogueira***. Biblioteca Nacional da França, Paris.

JOANA D'ARC (1412-1431)

Joana nasceu em Domrémy, em Lorena, numa família de camponeses. Quando tinha 16 anos, ouviu as vozes de São Miguel, Santa Catarina e Santa Margarida, que lhe ordenavam libertar a França dos ingleses que a ocupavam. Recrutou e comandou um pequeno exército que libertou Orleans, permitindo que Carlos VII fosse coroado em Reims. Foi feita prisioneira em Compiègne e entregue aos ingleses. Acusada de bruxaria, foi declarada herege e queimada aos 19 anos de idade. Depois de sua morte, foi reabilitada. Foi canonizada no ano 1920.

PADROEIRA DA FRANÇA

RITA DE CÁSSIA
(1381-1457)

Nasceu nos Apeninos e casou-se com um ateu a quem conseguiu converter.
Ao ficar viúva e perder os dois filhos, professou como religiosa agostiniana. Em suas orações, rogava a Cristo para que a fizesse participar de sua Paixão*. Foi agraciada com o aparecimento de uma persistente chaga no rosto, cujo cheiro era tão insuportável que devia permanecer isolada.
A tradição diz que, estando a ponto de morrer, pediu rosas e figos.
Embora fosse o mês de janeiro, milagrosamente, esses apareceram em seu jardim.

PADROEIRA DAS CAUSAS DESESPERADAS

Santa Rita com hábito de religiosa e um estigma no rosto é representada, às vezes, com uma coroa de rosas na cabeça ou nos braços e com figos. De uma litografia da Escola Francesa, ***Descrição de Santa Rita de Cássia***. Coleção particular.

Santo Antônio, vestido como arcebispo, com o pálio*, carrega uma balança com frutos e um pão num prato e um papel no outro. Um camponês havia lhe trazido frutas, com a esperança de ser bem recompensado; o santo disse-lhe simplesmente "Que Deus lhe pague". O camponês afastou-se de cara feia. Antônio percebeu e chamou-o. Escreveu num papel o que o camponês disse e colocou o cesto de frutas num prato da balança e o papel no outro. O peso do papel era superior ao do cesto. "Como você vê", disse então o santo bispo, "lhe devolvi mais do que me deu."

ANTONINO
(1389-1459)

Nasceu em Florença e, muito jovem, entrou num mosteiro dominicano. Foi prior do convento de Roma. Quando aconteceu o Cisma do Ocidente, colocou-se ao lado do legítimo papa de Roma. Voltou para Florença na época em que Fra Angelico estava decorando o convento de São Marcos. Foi nomeado arcebispo de Florença, onde levou uma vida dedicada à caridade e às reformas, enquanto redigia uma *Summa* teológica.

JOANA DA FRANÇA ou DE VALOIS (1464-1505)

Filha de Luís XI, rei da França. Era inválida e casou-se aos 14 anos com seu primo. Esse, coroado como Luís XII, obteve do papa a nulidade de seu casamento com ela. Joana dedicou-se então à pregação, aos doentes e ao serviço dos pobres. Fundou a ordem contemplativa da Anunciata, cujos componentes buscavam a perfeição evangélica. É representada com hábito de religiosa, às vezes com uma coroa e recebendo um anel das mãos de Cristo.

OUTROS SANTOS E SUAS CARACTERÍSTICAS PRINCIPAIS

MATILDE (+ 968)

Rainha da Germânia, segura uma igreja nas mãos e está ajoelhada na frente de um altar; uma criança é instruída a sua lado; dá uma esmola a alguns homens.

EDITH (+ 984)

Princesa e religiosa inglesa, tem uma coroa jogada a seus pés; dá esmola.

ROMUALDO (+ 1027)

Abade fundador dos camáldulos (beneditinos reformados), tem o dedo nos lábios; látego.

GUILHERME (+ 1060)

Abade de Eskil (Dinamarca), rezando diante de um vitral que representa Cristo; é curado por Santa Genoveva; uma tocha é colocada sobre seu túmulo.

GISELA (+ 1060)

Rainha da Hungria e depois abadessa, tem uma coroa nos pés; segura uma vassoura, símbolo das tarefas humildes.

JULIÃO, o Hospitaleiro (+ 1100)

Um homem vem pedir abrigo em sua casa; leva Jesus num barco; um cervo prevê seu futuro.

ANSELMO de Bec ou de Canterbury (+ 1109)

Religioso beneditino, Maria aparece para ele; carrega uma bandeirola ou uma pena.

ERIC (+ 1160)

Rei da Suécia, usa um brasão com três coroas de ouro; está assistindo à missa quando seus assassinos invadem a igreja.

HUGO DE LINCOLN (+ 1200)

Cartuxo nomeado bispo de Lincoln (Inglaterra), segura um cálice* de onde sai o Menino Jesus que apareceu na hóstia*.

FERNANDO (+ 1252)

Rei de Castela e Leão, carrega uma bandeira com a cruz de Calatrava; segura uma espada contra os mouros e uma chave como símbolo de sua expulsão. Sem exagero, é o espanhol mais ilustre de um dos séculos mais importantes da história humana, o XIII, e uma das figuras máximas da Espanha; talvez com Isabel, a Católica, a mais completa de toda nossa história política. É um desses modelos humanos que conjugam em alto grau a piedade, a prudência e o heroísmo; um dos acréscimos mais felizes, por assim dizer, dos dons e virtudes sobrenaturais nos dons e virtudes humanos.

JACINTO (+ 1257)

Dominicano polonês chamado o Apóstolo do Norte, segura um lírio, uma custódia*, uma bandeirola ou uma estátua de Maria; anda sobre as águas de um rio ou ressuscita um advogado.

ALEXIS de Roma (+ 1310)

É representado como um peregrino com bordão*; vive debaixo de uma escada.

JOÃO NEPOMUCENO (+ 1383)

Sacerdote e cônego de Praga, foi jogado num rio por não querer romper o segredo de confissão. Tem estrelas em volta da cabeça; símbolos do segredo de confissão: um cadeado na boca, uma carta selada nas mãos ou a língua nas mãos; um rio arrasta seu cadáver iluminado.

CASIMIRO (+ 1484)

Príncipe da Polônia, tem uma coroa jogada nos pés; segura um lírio ou uma bandeirola com o nome de Maria.

BEATRIZ de Roma (+ 1490)

Tem uma corda em volta do pescoço; levanta os cadáveres de seus irmãos e enterra-os.

FRANCISCO DE PAULA (+ 1507)

Nascido na Itália, fundador da Ordem dos Mínimos, originária dos franciscanos.
Sua capa permite-lhe atravessar o mar; um príncipe oferece-lhe moedas de ouro quebradas; asno; bastão de viagem.

Capítulo VII

A IGREJA NA DEFENSIVA E NO DIÁLOGO

Do século XVI aos nossos dias

Desde o final da Idade Média até os dias de hoje, a Igreja enfrentou três grandes ondas de oposição, originadas no humanismo do Renascimento:

— O movimento protestante, que deu lugar à contra-reforma católica (São Carlos Borromeo) e ao nascimento de novas congregações*, como a jesuíta, fundada por Santo Inácio; o Oratório, fundado por São Felipe Néri; e os Carmelitas Descalços, fundado por Santa Teresa d'Ávila e São João da Cruz.

— A contestação racionalista e anticlerical, sobretudo com ocasião da Revolução Francesa.

— A contestação ateísta, que suportou perseguições contra a Igreja em muitos países (ver São Maximiliano Kolbe, p. 190).

Durante estes séculos, o papa e a Igreja perderam o poder político, apesar de a Igreja ter continuado com o trabalho missionário na América, na Ásia (ver São Francisco Xavier, p. 177), na África e na Europa com os mais pobres (ver São Vicente de Paulo, p. 184-185 e São João Bosco, p. 190).

No século XIX, a Igreja mergulhou em uma profunda reflexão, especialmente em relação aos problemas de política social. As pessoas canonizadas eram de origens as mais diversas; Santa Teresa de Lisieux, São João Maria Vianney (sacerdote de Ars), Santa Bernadete, Santa Catarina Labouré, Santa Rosa de Lima. O concílio* Vaticano II (1962) inaugurou uma nova era de diálogo com o mundo, enfatizando a promoção dos Direitos Humanos e a justiça.

FRANCISCO XAVIER
(1506-1552)

Nasceu em uma família nobre de Navarra. Estudou e ensinou filosofia em Paris, onde conheceu Inácio de Loyola. Junto com cinco companheiros foram os primeiros jesuítas, ordenados três anos mais tarde. Inácio designou Francisco Xavier para que fosse missionário* nas Índias orientais. Chegou a Goa no ano 1541, estendendo dali uma intensa atividade por toda a região durante dez anos, em condições materiais muito difíceis.
Passou dois anos no Japão onde, como em todos os lugares que visitou, fundou pequenas comunidades cristãs. Cansado, morreu antes que pudesse iniciar seu projeto de evangelização na China. São Francisco Xavier é representado como jesuíta (hábito negro, às vezes, com um crucifixo no peito), predicando aos orientais ou no leito de morte em Sancian, uma pequena ilha em frente ao litoral da China. Também é representado, às vezes, com um caranguejo que carrega um crucifixo.

PADROEIRO DOS MISSIONÁRIOS

A Companhia de Jesus

A Companhia de Jesus foi fundada no ano 1540, sendo eleito Inácio como Superior Geral. Seus componentes (os jesuítas) incorporam aos votos de pobreza, castidade e obediência, um voto especial de obediência ao Papa, que, deste modo, pôde confiar-lhes diretamente missões especiais. As atividades religiosas da ordem se expandiram rapidamente por diversos países, tendo um papel decisivo na contra-reforma católica.

INÁCIO DE LOYOLA
(1491-1556)

Nasceu em Navarra. Destinado como nobre ao serviço do vice-rei de Navarra, foi ferido no ano 1521, no sítio a Pamplona. Durante a convalescença entrou em um período de reflexão que o levou à conversão e à vocação mística. Então, sentiu-se chamado a uma vida de apostolado ativo. Estudou filosofia e teologia e escreveu seus *Exercícios espirituais*, como fruto da experiência mística. Recrutou seus primeiros acólitos, entre eles o futuro São Francisco Xavier. Juntos, fizeram o voto de se colocar à disposição do papado para qualquer missão. Assim foi fundada a célebre Companhia de Jesus.

Santo **Inácio** é representado como jesuíta (com hábito negro), sustentando um coração em chamas ou um livro onde aparecem as siglas AMDG: *Ad Majorem Dei Gloriam* ("Para a maior glória de Deus"). IHS é a sigla dos jesuítas: *Iesus Hominum Salvator* ("Jesus, salvador dos homens"). O "H" é freqüentemente coroado por uma cruz e, mais raramente, por três cravos que simbolizam a crucificação de Cristo.

TERESA DE ÁVILA
(1515-1582)

Teresa de Cepeda y Ahumada nasceu em Castela a Velha. Aos vinte anos ingressou na ordem das carmelitas, onde, naqueles tempos, se observava uma Regra* bastante branda e laxista. Em 1555, fez os votos plenos de dedicação à vida monástica. Dois anos mais tarde, começou a ter experiências místicas (entre elas a visão de um anjo que a atravessava com um dardo).

Convenceu-se da necessidade de que os carmelitas deviam recuperar o rigor da Regra primitiva. Ao vencer todos os tipos de dificuldades, conseguiu fundar em Ávila um mosteiro de observância rígida. Seguindo seu conselho, São João da Cruz (p. 180) empreendeu a mesma reforma nos conventos* masculinos. Estes carmelitas seriam chamados de "descalços", porque simbolizam sua vontade de pobreza usando sandálias.

Apesar da saúde precária, Teresa demonstrou, até o final de seus dias, uma atividade intensa e vigorosa, paralela a uma vida espiritual igualmente acentuada e repleta de diversas experiências místicas. Foi uma escritora prolífica: *Caminho da perfeição, Castelo interior* e outros.

Os santos regionais

Muitos santos são objetos de um culto limitado a uma região.

Trata-se geralmente de santos que evangelizaram os lugares ou que viveram no local, sendo especialmente invocados no passado de acordo com a idiossincrasia da região.

Eis aqui alguns santos padroeiros de algumas cidades espanholas:

Santo Isidro Labrador (15 de maio), padroeiro da vila de Madri. Foi casado com Santa Maria da Cabeça. Santo Isidro é representado com alguns anjos que lavram a terra enquanto reza.

Santa Eulália (12 de fevereiro), padroeira de Barcelona, uma jovem virgem que sofreu o martírio durante a época romana. Contam que foi exposta nua no foro da cidade e que milagrosamente, no meio da primavera, caiu uma nevasca que cobriu sua nudez. As autoridades romanas enfurecidas a colocaram em um barril com facas cravadas nele e lançaram o barril ladeira abaixo (de acordo com a tradição, tratar-se-ia da Baixada de Santa Eulàlia, Ladeira de Santa Eulália). É representada, junto com Santa Águeda, Santa Cecília e Santa Oria, penduradas em uma árvore sobre uma coluna, com anjos que as levam ao céu através de janelas iluminadas.

São Ciríaco e Santa Paula (18 de junho), padroeiros de Málaga. Foram dois jovens martirizados na região no ano 305 durante as perseguições de Diocleciano. O lugar onde foram apedrejados continua se chamando Martírios.

O escudo de Málaga contém duas torres, as de Gibralfaro, com os santos colocados acima delas.

São Firmino (7 de julho). Ainda que oficialmente o padroeiro de Pamplona seja São Saturnino, a cidade é conhecida mundialmente pela celebração de São Firmino, um santo de origem francesa de quem só temos informações incertas.

É representado vestido de pontífice, com cajado, mitra e capa. A seus pés há um acéter, que simboliza o batismo.

Teresa d'Ávila é representada com uma flecha que transpassa o coração, um livro ou uma pomba. Às vezes, sustenta uma bandeirola (ver pág. 180) onde está escrito: *Misericordias Domini in aeternum cantabo* ("Cantarei na eternidade a misericórdia do Senhor"). Em certas ocasiões, Jesus coloca um colar ao redor de seu pescoço. Detalhe da estátua de Giovanni Lorenzo Bernini, ***xtase de Santa Teresa***. Santa Maria da Vitória, Roma.

JOÃO DA CRUZ

(1542-1591)

João de Yepes nasceu em Fontiveros, um pequeno povoado de Castela e Leão. Entrou para os carmelitas, mas ficou decepcionado pelo relaxamento da vida monástica, o que o levou a se tornar cartusiano. Conheceu então Teresa d'Ávila, quem lhe persuadiu a trabalhar com ela na reforma dos carmelitas. Os dois instauraram uma nova maneira de viver a vida monástica: os carmelitas descalços (ver Teresa d'Ávila, pág. 178). Mas João enfrentou uma oposição terrivelmente violenta: obstáculos de todos os tipos, reclusão em condições particularmente penosas, entre outras. Na prisão escreveu o *Cântico espiritual*. Continuou até a morte o trabalho reformador e nos deixou escritos admiráveis.

São **João da Cruz** é representado com hábito de carmelita, sustentando um crucifixo (como símbolo de seu nome), ou com Jesus carregando a cruz. Com uma bola de fogo é simbolizada a ascensão de sua alma ao céu. Acima, um detalhe do quadro de Michel des Gobelins Corneille, ***Cristo ressuscitado diante de Santa Teresa d'Ávila e São João da Cruz***. Capela de São José do Carmo, Paris.
Ao lado, uma gravura de ***São João da Cruz e Santa Teresa d'Ávila***. Biblioteca Nacional da França, Paris.

Uma frase-chave de São João da Cruz:
"Há que se renunciar a tudo que não seja Deus."

Carlos Borromeo é representado com o hábito de cardeal, cuidando dos contaminados pela peste, ou com uma corda no pescoço fazendo procissão purificadora contra a peste. Às vezes, aparece rezando ou dividindo a comunhão.

CARLOS BORROMEO
(1538-1584)

Nasceu no Norte da Itália, aos 22 anos, seu tio, o papa Pio IV, o nomeou cardeal e o chamou a Roma. Teve um papel primordial no desenvolvimento e nas conclusões do concílio de Trento, no ano 1564. Foi nomeado bispo de Milão. Lá colocou em prática as reformas do concílio. Viveu na pobreza e ajudou desinteressadamente os doentes contaminados pela peste. Fundou a ordem dos oblatos de Santo Ambrósio.

Luís Gonzaga é representado rezando, recebendo a comunhão das mãos de São Carlos Borromeo ou confortando os contaminados pela peste. Às vezes, apesar da juventude, veste um roquete*, insígnia litúrgica clerical, que traduz seu grande desejo de ser sacerdote. A seus pés está jogada uma coroa ducal.

LUÍS GONZAGA
(1568-1591)

Como filho primogênito do duque de Castiglione, foi educado na corte de Florença. Demonstrou desde muito jovem de uma grande piedade. Ingressou na Companhia de Jesus, onde teve uma vida austera, realizando as tarefas mais penosas. Foi a Roma ajudar as vítimas da peste que assolou a cidade. Lá se contagiou e morreu quando tinha 23 anos.

PADROEIRO DA JUVENTUDE CATÓLICA

FELIPE NÉRI (1515-1595)

Foi um homem com uma personalidade muito atraente, cheio de vitalidade, alegria e entusiasmo. Em seu cargo sacerdotal, empregou essa vitalidade no cuidado da juventude romana, mantendo ao mesmo tempo uma vida espiritual pessoal muito intensa e viva. Reuniu a seu redor todos esses jovens, primeiro na própria casa e depois em um oratório, ao lado de uma capela. Quando, em 1575, o papa lhe pediu que fundasse uma congregação, isso o levou a denominá-la Congregação do Oratório. A congregação tinha como objetivo incentivar a vida paroquial, a oração e a pregação; foi também a inspiração do Oratório da França fundada por Pierre de Bérulle. É representado com hábito de oratoniano e com um rosário. Um anjo apresenta um livro aberto onde ele lê as palavras do salmo, *bilalasti cor meum* ("meu coração está firme").

ROSA DE LIMA (1586-1617)

Nasceu na capital do Peru em uma família de ascendência espanhola. Teve uma infância de dificuldades materiais. Aos 25 anos ingressou na ordem terceira de Santo Domingo e, assim como Catarina de Siena, viveu como eremita em uma cabana, distanciando-se da vida fácil dos colonizadores da época. Mulher de grande misticismo (Jesus crucificado apareceu a ela), viveu em penitência, com as agonias e os prazeres das experiências extáticas. Permaneceu como eremita até a morte.

PADROEIRA DO PERU E DA AMÉRICA DO SUL

A âncora e a cidade que são representadas com Santa **Rosa**, aqui com hábito de dominicana e com uma coroa de rosas para lembrar seu nome, servem para ilustrar que é a padroeira do *Callao*, o porto de Lima.

FRANCISCO DE SALES (1567-1622)

Nasceu em Sales, perto de Thorens, na Alta Saboya. Estudou filosofia, teologia e leis em Paris e Pádua. Apesar de ter um futuro brilhante e uma bela mulher prometida, quis ser sacerdote. Ordenado no ano 1597, foi primeiro missionário em uma região protestante, onde sua bondade e caridade permitiram vencer a hostilidade dos calvinistas. Foi nomeado assistente e, depois, aos 35 anos, bispo de Genebra, como reação aos protestantes. Trabalhou para a contra-reforma católica. Em 1610 fundou com Santa Joana Maria de Chantal a ordem da Visitação de Santa Maria (as salesianas).
Sua influência espiritual, através dos escritos e pregações, foi imensa. É célebre sua *Introdução à vida devota*, que ainda hoje é reeditada.

Eis aqui o que dizia São Francisco de Sales:
"Não conheço outra perfeição que a de amar a Deus com todo o coração e ao próximo como a si mesmo. Todas as outras práticas não são senão meios para chegar à caridade, mas não são a caridade, que é a perfeição em si mesma."

Francisco de Sales é facilmente reconhecido pelo hábito de sacerdote ou de bispo, sua cabeça calva e sua barba longa. Freqüentemente sustenta na mão um livro ou seu coração, inflamado pelo amor a Jesus. A tradição conta que São Vicente de Paulo viu sua alma em forma de bola de fogo.

Detalhe de uma gravura, ***Retrato de São Francisco de Sales***. Biblioteca Nacional da França, Paris.

VICENTE DE PAULO
(1581-1660)

Nasceu em uma família de camponeses perto de Dax. Estudou teologia em Tolosa do Languedoc e foi ordenado sacerdote no ano 1600. Capturado por piratas, ficou preso na Tunísia por dois anos. Depois foi instrutor da família do general das galeras reais, os Gondi.

Nos últimos dias do reinado do Rei Sol, a pobreza se estendeu por todo o reino, e Vicente decidiu dedicar a vida a diminuí-la. Foi pároco de Châtillon, em Dombes. Lá organizou uma associação de damas para que lhe ajudassem na missão. Louise de Marillac se colocou à frente dessa congregação que seria o modelo de outras que viriam depois.

Em 1619 foi nomeado capelão geral de galeras.

No desempenho desse cargo, se ocupou sem cessar de melhorar o destino dos condenados. A partir de 1624, com ajuda de Mme. de Gondi, empreendeu uma luta contra a ignorância religiosa, que abarcou desde as comunidades rurais até os seminários. Como parte disso, fundou uma ordem de sacerdotes especializados na evangelização das zonas rurais, chamada ordem dos Padres Lazaristas.

Sempre com a ajuda de Louise de Marillac, fundou a Companhia das Filhas da Caridade (as incansáveis "Irmãs de São Vicente de Paulo"). É impossível resenhar tudo o que esse colosso da caridade (entendida como um termo que obriga a se envolver) fez ao longo da vida pelas crianças abandonadas, pelos pobres, pelos doentes e pelos presos. Era uma pessoa que praticou intensamente a oração e que dizia: "Deus não é capaz de rejeitar nada que lhe peçam; nem mesmo a propagação do Evangelho".

PADROEIRO DOS HOSPITAIS
E DOS PRESOS

São **Vicente Paulo** é representado como sacerdote: aqui está junto a Luisa de Marillac pare abrigar os recém-nascidos. Geralmente carrega uma criança nos braços. Detalhe do quadro do Irmão Jean André, ***São Vicente de Paulo e as Irmãs da caridade***. Museu da Assistência Pública, Hospital de Paris, França.

Para aqueles que desejam conhecer melhor um dos maiores santos dos tempos modernos:
Vida do Venerável Servo de Deus Vicente de Paulo, Fundador e primeiro Superior Geral da Congregação da Missão. ABELLY, Louis. Salamanca. CEME. 1994.
Abelly publicou esta obra somente quatro anos depois da morte de São Vicente, que conheceu por mais de 25 anos. Serviu de base para todas as biografias posteriores.
São Vicente de Paulo e a caridade. DODIN, A. Salamanca. CEME, 1999.
Excelente biografia escrita por um grande conhecedor de São Vicente, que o incluiu no marco histórico e literário de seu tempo.
E o belo filme de M. Cloche, *Monsieur Vincent.*

Representação dos santos nos selos dos Correios franceses

Inúmeros são os santos representados nos selos dos correios de todos os países. Constituem o tema principal ou apareceram na representação de um edifício, um vitral, ou por ocasião de uma comemoração. Os santos representados nestes selos seriam identificados facilmente, até mesmo se seu nome não viesse escrito com todas as letras.
De cima para baixo e da esquerda para a direita:
São Eustáquio, vestido com uniforme (o que o distingue de São Humberto) e o cervo que ostenta um crucifixo entre os chifres.
Santa Ana, anta Maria e o menino Jesus.
Santo André, com a cruz no centro, rodeado por outros santos.
Os Reis Magos.
Santa Joana D'Arc.
São Nicolau (bispo), ressuscitando três crianças.
São Martinho que corta a capa e a dá de presente.
São Remígio batizando Clodoveu.

O SACERDOTE DE ARS, JOÃO MARIA VIANNEY

(1786-1859)

Nasceu perto de Lyon em una família de camponeses muito devotos. Desde a mais tenra infância quis ser sacerdote. Entrou no seminário de Lyon, de onde foi mandado embora devido ao nível escolar insuficiente. Contudo, ao final pôde ser ordenado quando completou trinta anos. Em 1817, foi nomeado pároco de Ars. Apesar de ter uma vida austera e devota, seu início foi difícil e o novo sacerdote não teve muito êxito. Aos poucos, sua bondade, atenção aos demais e seus dotes de confessor lhe tornaram conhecido e as pessoas apareciam de todos os lados. Freqüentemente, passava 16 horas por dia escutando confissões. Começou a fazer milagres e João Maria desempenhou seu cargo dentro da santidade, apesar das agressões diabólicas que teve de enfrentar. Morreu aos 73 anos de idade.

PADROEIRO DOS PÁROCOS

João Maria Vianney é representado sempre com roquete de predicador e, geralmente, com uma estola pendurada ao pescoço e o cabelo longo. Detalhe de uma gravura, ***São João Maria Vianney, sacerdote de Ars***. Biblioteca Nacional da França, Paris.

Quando **Teresa de Lisieux** é representada, aparece como religiosa carmelita, com rosas nas mãos ou nos pés porque em certa ocasião declarou que faria cair "uma chuva de rosas" (favores) depois de sua morte. Fotografia de ***Santa Teresa do Menino Jesus***. Biblioteca Nacional da França, Paris. Paris.

TERESA DE LISIEUX, chamada Santa Teresinha do Menino Jesus, doutora da Igreja

(1873-1897)

Nasceu em Alençon no seio de uma família muito devota. Perdeu a mãe quando tinha quatro anos. Suas irmãs Pauline e, posteriormente, Marie entraram em um convento de carmelitas. Em 1888, ela fez o mesmo. Tinha apenas 15 anos e teve de superar muitas objeções para que fosse admitida nessa idade em uma ordem tão exigente. Sua curta carreira religiosa transcorreu sem nenhum acontecimento especial, mas com uma vida espiritual particularmente intensa. Teve de superar e vencer grandes crises, nas quais se sentia incapaz de acreditar. Morreu de tuberculose aos 24 anos.

A superiora (sua irmã Pauline) ordenou que escrevesse uma autobiografia espiritual, que é a história de uma alma. Nela, Teresa propõe uma "pequena via" espiritual, em que devemos reconhecer nossa própria insignificância e nos colocar nas mãos da misericórdia divina. As pessoas simples se sentem confortáveis com essa alma sem hipocrisia e ao mesmo tempo tão exigente

No anverso, Maria rodeada pela inscrição. De suas mãos saem os raios simbólicos das graças dadas por Maria. Alguns dos raios estão menos marcados: são as graças que não são pedidas, mas que Maria concede como se tivesse sido pedido. No reverso, se vê a cruz e a inicial de Maria; o coração de Jesus com coroa de espinhos, símbolo da Paixão; o coração de Maria atravessado por um punhal, de acordo com a profecia de Simeão; e as doze estrelas descritas no Apocalipse (Ap. 12,1), que seriam utilizadas a título oficioso na bandeira européia.

Gruta onde Maria apareceu. Detalhe de uma litografia de T. Seguin, ***Aparição da Virgem a Bernadete, em 11 de fevereiro de 1858***. Biblioteca Nacional de França, Paris.

CATARINA LABOURÉ
(1806-1876)

Nasceu em uma família camponesa de Borgonha. Ingressou nas Filhas da Caridade. No primeiro ano, no noviciado da Rue du Bac de Paris, a Virgem Maria lhe apareceu para pedir que mandasse cunhar uma medalha que dissesse "Ó Maria, sem pecado concebida! Orai por nós que acudimos a Vós". Seu confessor conseguiu, sem muita demora, que essas aparições fossem reconhecidas. Consagrou o resto da vida ao serviço dos indigentes e dos doentes. Uma vida que foi às vezes acidentada, como durante a guerra franco-prussiana ou nos tempos da Comuna de Paris. A medalha, que diz "milagre", foi gravada com as instruções de Catarina. Foram distribuídas dezenas de milhões delas.

Santa **Bernadete** como pastora, com os tamancos em uma mão e o rosário na outra.

DR

BERNADETE (1844-1879)

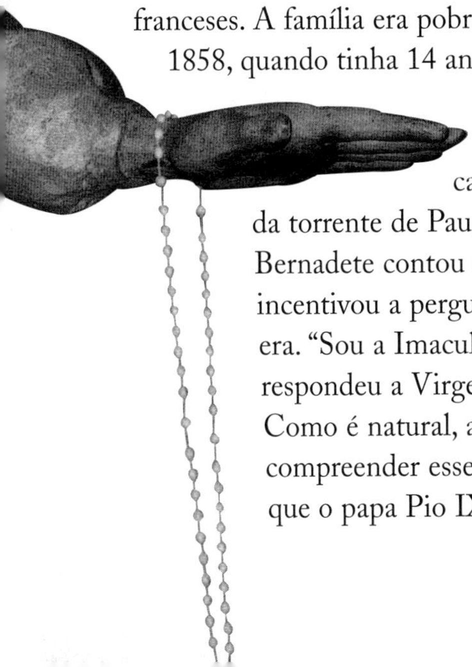

Bernadete Soubirous nasceu em Lourdes, nos Pirineus franceses. A família era pobre e ela, analfabeta. Em 1858, quando tinha 14 anos, presenciou 18 aparições da Virgem Maria, em uma caverna de Lourdes, perto da torrente de Pau, a Gruta de Massabielle. Bernadete contou ao sacerdote, que a incentivou a perguntar a essa senhora quem era. "Sou a Imaculada Conceição", respondeu a Virgem Maria para Bernadete. Como é natural, a menina era incapaz de compreender esses termos. Ou de saber que o papa Pio IX acabava de proclamar o dogma da Imaculada Conceição. No lugar da aparição brotou uma fonte. O acontecimento deu lugar à abertura de um longo expediente.

Quando tinha 22 anos, Bernadete se consagrou às Irmãs da Caridade. Lá não teria uma vida fácil, uma vez que se deparou com atitudes destinadas a humilhá-la, com a incompreensão e, há que se dizer, a inveja. Morreu aos 35 anos, Lourdes é na atualidade um lugar muito freqüentado, com peregrinos que vem de todas as partes do mundo. Apesar do grande número de "recursos" que mandam doentes que se dizem curados milagrosamente (milhares), o número de curas reconhecidas como milagrosas pela Igreja é exígua: aproximadamente sessenta.

Maximiliano Kolbe é normalmente representado com uniforme de deportado. O retrato acima é obra de M. Poirat, e foi reproduzido graças ao Foyer de Charité de Tressaint (Dinan, Côtes d'Amor).

JOÃO BOSCO

(1815-1888)

Nasceu em uma família de camponeses das redondezas de Turim. Foi ordenado sacerdote no ano 1841. Organizou em Turim uma espécie de casa de jovens, a qual chamou Oratório de São Francisco de Sales, onde propôs diversas atividades: cursos profissionalizantes, distrações, entre outras. Reuniu ao seu redor um grupo de sacerdotes educadores (a Congregação dos Salesianos). Obteve resultados magníficos com a formação profissional e espiritual de jovens pobres. É representado como sacerdote.

PADROEIRO
DOS APRENDIZES

MAXIMILIANO KOLBE

(1894-1941)

Foi um franciscano polonês que estudou teologia em Roma. Muito devoto à Virgem Maria, fundou, primeiro na Polônia e depois no Japão, uma associação de fiéis denominada "Missão da Imaculada". Quando retornou para seu país, editou diversas publicações religiosas que tiveram uma grande influência na Polônia de antes da guerra; atividade que o tornaria pessoa suspeita, após começar a guerra. Na segunda vez em que foi preso por um policial nazista, foi deportado para Auschwitz. Lá substituiu voluntariamente um pai de família que seria executado.

O papa João Paulo II se referia freqüentemente a Maximiliano: "O sacrifício de Maximiliano representou sua vitória espiritual sobre esse lugar de extermínio, pensado para anular o homem."

OUTROS SANTOS E SEUS PRINCIPAIS ATRIBUTOS

JOÃO DE DEUS (+ 1550)

Santo português que se dedicou a servir indigentes e doentes. Foi o inspirador da Ordem dos Irmãos Hospitalários (ou de São João de Deus). Leva nos ombros um doente ou uma escova para recolher esmolas; Maria lhe coloca uma coroa de espinhos; sustenta um lírio.

PASCOAL BAILON (+ 1592)

Franciscano espanhol, sustenta um cálice* coroado por uma hóstia*, ou uma custódia*; está rodeado de ovelhas, porque foi pastor na juventude.

PEDRO CLAVER (+ 1654)

Jesuíta espanhol que dedicou a vida aos africanos escravizados na América; os batizou.

LUÍS MARIA GRIGNION DE MONTFORT (+ 1716)

Sacerdote bretão, fundador da Congregação* das Filhas da Sabedoria e a dos Irmãos da Instrução Cristã de São Gabriel.

AFONSO MARIA DE LIGÓRIO (+ 1787)

Bispo e doutor da Igreja* napolitana. Sustenta um rosário em uma mão; é representando levitando em êxtase.

ÍNDICE DE SANTOS E PERSONALIDADES
citados neste livro

Cada nome é seguido por: atributos do santo, seu modo de vestir (ou aspecto), seu entorno e o número da página em que o leitor pode encontrá-lo.

GLOSSÁRIO

Definição de termos religiosos correntes e significação simbólica de certos objetos e animais.

As palavras marcadas com um asterisco estão definidas neste glossário.

ABADE
Superior de uma comunidade de monges* de uma abadia*. Nos mosteiros de mulheres, a superiora é uma abadessa.

ABADIA
Edifício que abriga uma comunidade de monges*.

ÁGUIA
É freqüentemente o animal símbolo de São João, cuja doutrina elevava o vôo da águia até as alturas; nesse caso, é representado quase sempre com um livro.

ALBIGENSE
Ver "HERESIA ALBIGENSE".

ALMA
Para um cristão, o homem não é o resultado da fusão de um corpo com uma alma que se separam ao morrer (a visão aristotélica), mas sim uma entidade psicobiológica animada. Ao morrer, o homem deixa seu cadáver na terra. Na hora da ressurreição*, o homem irá se reencontrar com sua totalidade transformada ("o corpo glorioso"). Na iconografia tradicional, a alma é representada como uma criança pequena assexuada e com asas, às vezes com auréola. Caso se trate da alma de um santo, a cabeça do infante estará rodeada por um nimbo*. Às vezes, também é representada como uma esfera que se eleva sobre a figura do santo.

ALTAR
Mesa sobre a qual se celebra a missa. Guarda a relíquia* de um santo.

ALVA
Vestido litúrgico formado por uma longa túnica de pano branco com mangas estreitas, presa à cintura por um cordão. Foi sendo substituída cada vez mais pela alva com cogula, com mangas largas e um manto com capuz, que é usado solto.

ANJO
Criatura divina imaterial.
Ver "ANJOS", p. 59.

ANTIGO TESTAMENTO
Ver "BÍBLIA"

ANTIPAPA
Papa* cuja eleição não é reconhecida pela Igreja.

ANUNCIAÇÃO
Episódio da vida de Santa Maria. O arcanjo* Gabriel anuncia-lhe sua maternidade milagrosa e divina.

APOCALIPSE
Gênero literário onde Deus se revela através de visões e sonhos, como no Apocalipse* de São João Evangelista, no Novo Testamento*.

APOSTASIA
Renúncia a uma religião, voluntária e publicamente.

APÓSTOLOS
Discípulos íntimos de Cristo, no total de 12. Ver "APÓSTOLOS", p. 77 a 86.

ARCEBISPO
Bispo* responsável por uma província eclesiástica que agrupa várias dioceses*.

ARIANISMO
Heresia* que nega a divindade de Cristo*, teoria de Ário. Foi refutada definitivamente no Concílio de Nicéia, em 325.

ARQUIDIÁCONO
Administrador dos bens da Igreja.

ÁRVORE
Símbolo por antonomásia da vida e, portanto, do sagrado. Pode representar a ligação entre o céu e a terra. O mais famoso é o que é citado na Bíblia*: a árvore do "conhecimento do Bem e do Mal", no Éden, que materializa as escolhas que continuamente se apresentam ao nosso livre-arbítrio.

ASCENSÃO
Jesus sobe aos Céus aos olhos de seus discípulos, depois de sua Ressurreição*.

ASSUNÇÃO
Passagem de Santa Maria à vida eterna, sem atravessar a degradação da morte. É comemorada em 15 de agosto.

AURÉOLA
Círculo em volta da cabeça de um beato*. Freqüentemente é confundida erroneamente com o nimbo*. Esses dois símbolos representam o resplendor da glória de uma pessoa divina, ou a irradiação espiritual da pessoa de um santo.

BÁCULO
Bastão insígnia de bispo*, abade* ou abadessa*. Imita um cajado, ao qual, às vezes, eram incrustadas pedras na extremidade superior para espantar as pestes. Sua ponta é curvada e simboliza a função pastoral do bispo. A voluta vira-se para fora quando o bispo está fora da diocese, e para dentro quando ele volta. Um véu que cobre a haste permite ao bispo levá-lo nas mãos sem sentir a frieza do metal.

A voluta desse báculo é decorada com um São Miguel vencendo o dragão.

DR

BARRETE
Pequeno chapéu quadrado usado no passado pelos clérigos*, de cor vermelha para os cardeais*, violeta para os bispos* e preto para os párocos.

BASTÃO DE PEREGRINO
Ver "BORDÃO". Costuma-se atribuir aos eremitas um simples bastão, símbolo de vida longa.

BATISMO
Primeiro sacramento* por meio do qual o batizado se torna cristão.

BEATIFICAÇÃO
Ato pelo qual o papa* propõe como exemplo o testemunho dado com sua vida por um falecido membro da Igreja, e com o qual autoriza o culto público em sua homenagem. Essa testemunha se transforma assim em "beato"; posteriormente, poderá ser canonizado* e declarado "santo". Ver informações em "CANONIZAÇÃO", p. 99.

BEATOS
Ver "BEATIFICAÇÃO".

BEM-AVENTURANÇAS
Ver informações da p. 64.

BENÇÃO
Ato de desejar um bem. Em nossos dias se concretiza com um gesto (geralmente um sinal-da-cruz). É representada com uma mão (de Deus ou de um santo) que dobra os dois últimos dedos e estende os três primeiros, símbolo aqui da Trindade*.

BENEDITINO
Religioso pertencente à ordem* fundada por São Benedito no ano 529. Vestem-se com uma túnica e um escapulário pretos. Seu símbolo são três montanhas coroadas por uma cruz.

BÍBLIA CRISTÃ
Conjunto de escritos que os cristãos consideram inspirados por Deus para revelar aos homens sua palavra e seu plano de salvação. Está dividida em "Antigo Testamento" (formado por livros que relatam a aliança de Deus com o povo judeu) e "Novo Testamento" (livros nos quais se apresenta a nova e definitiva aliança entre Deus e toda a humanidade).

BISPO
Sucessor direto dos apóstolos*, ministro da Igreja e responsável por uma diocese*. As marcas distintivas de sua dignidade são o báculo* (ou a cruz de haste longa), a mitra* e o anel. Quando um religioso era consagrado como bispo, continuava observando as regras de sua ordem, simbolizando-a com a capa* que colocava em cima de seu hábito talar.

BOI OU TOURO
Animal símbolo de São Lucas, porque o início de seu evangelho nos mostra Zacarias desempenhando suas funções sacerdotais no Templo de Jerusalém (sacrificando animais); nesse caso, o animal é representado freqüentemente com um livro.

BORDÃO
Grande bastão, freqüentemente como um cajado, em cujo gancho há uma cabaça, que era utilizada para defender-se dos cachorros e animais selvagens. É a característica normal dos peregrinos.

CALENDÁRIO LITÚRGICO
Catálogo anual das festividades litúrgicas ordenadas por data. Além disso, indica os textos bíblicos que serão lidos a cada dia pelos clérigos* e pregados aos fiéis.

DR

CÁLICE
Copo sagrado utilizado durante a missa para a consagração* do vinho.

CALVINISTA
Cristão seguidor da doutrina de Calvino (1509-1564) na época da Reforma*. Calvino separou-se da Igreja católica por causa de suas diferenças quanto à predestinação, à presença real de Jesus Cristo na Eucaristia* e, sobretudo, quanto à estrutura da própria Igreja.

CANONIZAR
Ver informações em "CANONIZAÇÃO" e o termo "BEATIFICAÇÃO".

CAPA
Vestimenta litúrgica formada por uma grande peça de tecido semicircular, que é colocada sobre os ombros. Os sacerdotes usam-na em diferentes ocasiões; durante uma procissão, por exemplo.

CAPELA
Pequena construção destinada ao culto, pode estar subordinada a uma igreja ou localizar-se dentro dela.

CARDEAL
Conselheiro do papa*, nomeado por ele. O conjunto de cardeais* forma o Sacro Colégio. Na atualidade, os cardeais são escolhidos pelos bispos. O papa é escolhido pelos cardeais, reunidos em "conclave".

CARMELITAS
Monges contemplativos* pertencentes à ordem religiosa* do Carmelo, fundada por São Bertoldo no século XII. O Carmelo foi reformado por Santa Teresa de Ávila e San Juan de la Cruz.

CARMELO
1. O Monte Carmelo, atualmente em Israel, que deu nome à família religiosa formada pelas ordens religiosas* do Carmelo.
2. Mosteiro de carmelitas*.

CARTUXO
Religioso contemplativo pertencente à ordem religiosa* da Cartuxa, fundada por São Bruno em 1804.
O hábito dos cartuxos consiste numa túnica longa branca, com um cinto de couro e um escapulário*. Seu brasão representa uma esfera coroada por uma cruz, às vezes rodeada por sete estrelas.

CASULA
Vestimenta litúrgica larga, sem mangas, que cai sobre o peito e as costas e que o sacerdote usa para rezar missas.

CATEDRAL
Igreja principal de uma diocese*, onde o bispo* estabelece sua sede (em latim, "cathedra").

CEFALÓFORO
Diz-se de um santo que carrega nas mãos a própria cabeça cortada (São Dionísio)

CHAVES
Símbolo da entrada para o paraíso. Na iconografia, São Pedro é o dono delas, já que Cristo lhe deu expressamente o poder de perdoar os pecados.

CÍRCULO
Simboliza o firmamento, que se acreditava ter um movimento circular e sem irregularidades. O paraíso terrestre, um pedaço de céu na Terra, é representado com uma composição circular ou semicircular (como numa casa do jogo de amarelinha).

CISMA
Separação de um grupo de fiéis que crêem num dogma declarado herético.

CISTERCIENSE
Religioso contemplativo pertencente à ordem religiosa* fundada por São Roberto de Molesme, em 1705, e desenvolvida por São Bernardo de Clairvaux.

CLARISSAS
Religiosas contemplativas pertencentes à ordem religiosa* franciscana fundada por Santa Clara, amiga de São Francisco de Assis, no século XIII.

CLAUSTRO
1. Parte de um mosteiro* reservada à comunidade religiosa.
2. Galeria de arcos ao redor de um jardim, no centro de um mosteiro*, que permite passear.

CLÉRIGO
Fiel envolvido no Estado eclesiástico (diáconos*, sacerdotes*, bispos*, cardeais*).

CLERO
Conjunto dos clérigos.

COMUNHÃO DOS SANTOS
Ver informações da p. 132.

COMUNHÃO
Ato de receber o Corpo de Cristo na hóstia* consagrada durante a missa.

CONCÍLIO
Reunião de bispos*. O concílio ecumênico é formado por todos os bispos do mundo. Reúne-se por iniciativa do papa* e é presidido por ele. É a mais alta autoridade da Igreja, cujas decisões possuem caráter de infalibilidade, com a condição absoluta de que se trate de definições de uma verdade de fé (o Concílio de Éfeso, por exemplo, proclamou no ano 449 que Maria era mãe de Deus). Nos concílios são debatidos todos os tipos de questão: disciplinares, litúrgicas* etc. O último concílio ecumênico foi o Vaticano II, reunido no ano 1962 pelo papa João XXIII.

CÔNEGO
É importante diferenciar os cônegos seculares, sacerdotes* encarregados de cantar o ofício no coro de uma igreja, dos cônegos regulares, religiosos que vivem em comunidade, mas com um ministério exterior.

CONGREGAÇÃO
1. Associação de religiosos ou religiosas desejosos de viver de acordo com uma "regra"* definida (por exemplo: a congregação de Nossa Senhora da Caridade, de San Jean Eudes).
2. Grupo de cardeais encarregados de uma missão específica (por exemplo: Congregação para a Propagação da Fé).

CONTEMPLATIVO (A)
Religioso ou religiosa que se retira da vida comum para dedicar-se à pregação; uma pregação que adota várias formas, por exemplo, o trabalho. São contemplativos os cartuxos, os carmelitas, os trapistas e outros.

CONVENTO
Edifício onde religiosos ou religiosas vivem em comunidade.

CORAÇÃO
Simboliza o amor que Deus tem pelos homens ou que os homens sentem por Ele. O símbolo caracteriza-se pela presença de chamas (Santo Agostinho).

CORDEIRO
Simboliza Cristo ("o Cordeiro de Deus"). Geralmente, associa-se a um galhardete, que significa a vitória de Cristo sobre a morte; simbolismo que é destacado se a haste tiver uma cruz. Quando o cordeiro coloca os pés num livro, simboliza o cumprimento das Escrituras em Jesus. Freqüentemente, há um cálice* que se enche de um jato de sangue: o sangue do cordeiro é consolo para a humanidade.

DR

O cordeiro é também característica de santos e santas que foram pastores.

COROA
São conhecidas as que coroam as cabeças de reis e príncipes, por exemplo. Feitas com folhas ou flores, podem enfeitar a cabeça de mártires.
A coroa de espinhos que colocaram sobre a cabeça de Cristo* durante a Paixão para humilhá-lo volta a aparecer no rosto ou nas mãos de vários santos.

CRISTÃO
Seguidor de Jesus Cristo*. As tradições que recorrem a Jesus Cristo são hoje numerosas: católica, anglicana, ortodoxa e as numerosas formas de protestantismo*.

CRISTO
Para os hebreus, "Cristo" é quem foi "ungido" por Deus, caracterizando-o assim como chefe do povo. Por isso, Jesus, como origem da Igreja, é chamado de Jesus Cristo.

CRUCIFIXO
Cruz com uma representação de Jesus pregado nela.

CRUZ
Lembra que Cristo morreu por todos os homens e transformou-se no símbolo dos cristãos.
Os arcebispos* caracterizam-se por uma cruz de haste longa. Se a cruz estiver acompanhada por um livro ou um incensário, trata-se de um diácono*. Nos religiosos são pintados um pequeno crucifixo entre as mãos.
A cruz lembra também o martírio* sofrido (São Pedro, Santo André).

CRUZADA
Expedição bélica destinada a ajudar os cristãos do Oriente a se libertar da dominação muçulmana nos Lugares Santos da Palestina. A primeira, que foi promovida por Pedro, o Ermitão, ocorreu entre 1096 e 1099. A oitava e última foi comandada por São Luís e ocorreu entre 1268 e 1270.

CULTO
Conjunto de gestos, cerimônias e rituais por meio dos quais os homens expressam sua relação com Deus ou com seus deuses.

CUSTÓDIA
Objeto de culto* católico que serve para exibir a hóstia* perante os fiéis. No início, era um simples cilindro de vidro, e os ourives foram pouco a pouco ornando-a com diferentes motivos. A custódia moderna tem a forma de um sol, com simbolismo óbvio (São Norberto).

DALMÁTICA
Vestimenta litúrgica* tradicional dos diáconos* católicos. É uma túnica de mangas largas, às vezes aberta pelos lados.

DEMÔNIO
Anjo expulso que incita os homens a se separar de Deus pelo pecado.
Na iconografia tradicional, costuma adotar a forma de um dragão (São Teófilo).

DIÁCONO
Cristão que deixou o estado laico* ao receber o sacramento* da Ordem*, destinado ao sacerdócio.
É subordinado ao bispo*. Atualmente, há muitos laicos* ordenados "diáconos permanentes", isto é, não destinados ao sacerdócio, embora dediquem uma parte de sua vida a missões confiadas a ele diretamente pelo bispo. Nas cerimônias, usam a estola* a tiracolo, sobre a alva com cogula*.
Na iconografia, o diácono é representado com sua vestimenta específica: a dalmática*. Freqüentemente, carrega um livro, já que uma de suas tarefas é ler o evangelho*.

DIOCESE
Não é um território e sim "uma porção do povo de Deus confiada a um bispo* para que seja seu pastor".
O conjunto dessas "porções" constitui a Igreja Universal.
Na prática, cada bispo é responsável por uma parte do território cujos limites equivalem freqüentemente a territórios administrativos.

DISCIPLINA
Pequenos açoites que se auto-infligiam alguns fiéis para fazer penitência. É uma prática que hoje caiu em desuso.

DOMINAÇÕES
Categorias de anjo. Ver "ANJOS", p. 58.

DOMINICANO
Religioso pertencente à ordem religiosa* fundada por São Domingos no ano 1215. Os dominicanos vestem-se com uma túnica branca e uma capa preta. Em seu brasão aparece um cachorro que segura uma tocha e uma coroa com folhas de palmeira e lírios com uma estrela na parte superior. Eram chamados "jacobinos" por causa do nome de seu convento*, na Rua Saint-Jacques de Paris.

DORMIÇÃO
Assim os cristãos do Oriente denominam a Assunção (ver esse termo) de Maria.

DOUTOR DA IGREJA
Título atribuído pela Igreja a um teólogo (homem ou mulher) pela adequação de sua doutrina, pela

santidade de sua vida e importância de sua obra. Os doutores da Igreja são atualmente 32. Citaremos alguns: Antônio de Pádua, Bernardo de Clairvaux, Catarina de Siena (única doutora laica*), João Crisóstomo, Teresa d'Ávila e Teresinha do Menino Jesus. Não devem ser confundidos com os Padres da Igreja*, cujo título foi reconhecido somente durante os primeiros séculos do cristianismo. Alguns teólogos são ao mesmo tempo "Padres" e "Doutores".

DRAGÃO
Símbolo do inferno, de Satã ou do mal. São Miguel derrota-o. Pode ser substituído por um crocodilo ou por uma grande serpente.

ENCARNAÇÃO
Para os cristãos, o mistério da Encarnação é o mistério do filho de Deus, segunda figura da Trindade*, fazendo-se homem em Jesus Cristo.

EPISCOPAL
Relativo a um bispo* (por exemplo, anel episcopal).

EREMITA
Fiel que busca a pobreza e a solidão para se aproximar de Deus. São João Batista, por exemplo, é representado freqüentemente ajoelhado diante de uma cruz feita de madeira, com a barba e o cabelo grandes. Algumas raízes a seu lado servem para expressar a frugalidade de seu sustento.

ESCADA
Simboliza o que une o céu e a terra (Jacó).

ESCAPULÁRIO
Roupa que os religiosos utilizam para cobrir as costas, com um capuz para proteger o hábito enquanto trabalham. Segundo a ordem, tem forma e cor diferentes.

ESFERA
Jogada aos pés, simboliza o desprezo pelo mundo, sobretudo se for representada como se fosse de vidro (Santo Inácio de Loyola).

ESPÍRITO SANTO (O SANTO ESPÍRITO)
Terceira pessoa da Trindade*.
Ver "A TRINDADE", p. 57.

ESTIGMAS
Feridas ou cicatrizes duradouras que aparecem inexplicavelmente no corpo de alguns místicos* nos lugares das chagas de Cristo, causando-lhes, às vezes, intensas dores que lembram as sofridas por Ele.

ESTIGMATIZADO
Quem sofre estigmas*.

EUCARISTÍA
Sacramento* por el que el pan y el vino se convierten en el cuerpo y la sangre de Cristo, respectivamente.

ESTOLA
Ornamento litúrgico feito com uma tira de pano normalmente adornada com três cruzes que o sacerdote* usa sobre a alva*.

EUCARISTIA
Sacramento* pelo qual o pão e o vinho se transformam no corpo e no sangue de Cristo.

EVANGELHO
Significa "boa nova". É o relato da vida de Jesus Cristo, escrito à luz de sua Ressurreição*. São quatro. Os três primeiros, escritos por São Mateus, São Marcos e São Lucas, dão uma perspectiva similar sobre a vida de Jesus (são "sinópticos"). O quarto foi escrito por São João. Constituem uma parte importante do Novo Testamento* da Bíblia*.

EVANGELHOS APÓCRIFOS
Escritos dos primeiros dois séculos do cristianismo, cuja autenticidade não pode ser completamente determinada. Falam sobre episódios (o asno e o boi do portal de Belém, por exemplo) e conceitos doutrinais, freqüentemente discutíveis, que foram finalmente repudiados.

FLAGELO
Simboliza o vigor com o qual um santo lutava contra a heresia* (Santo Ambrósio contra o arianismo*). Nas mãos dos fundadores ou reformadores das ordens religiosas simboliza o rigor da disciplina (São Benedito).

FLECHA
Simboliza e lembra um método comum de martírio*. São Sebastião é o caso mais conhecido, mas São Edmundo (que se diferencia daquele por usar coroa), Santa Irene e outros morreram também dessa forma.
Às vezes, simboliza a libertação das ligações terrenas, ou o poder divino (Santa Teresa d'Ávila).

FONTE
Simboliza a palavra de Deus que brota eternamente para fertilizar o coração dos fiéis.

FRANCISCANO
Religioso pertencente à ordem religiosa* fundada por São Francisco de Assis em 1223. Usa uma simples túnica marrom com capuz, presa à cintura com uma corda com três nós. Em seu brasão aparece uma cruz, sob a qual se cruzam um braço de São Francisco com um braço chagado de Jesus, às vezes com uma nuvem e raios na parte superior.

FRASCO
Simboliza, como o tarro, os ofícios relacionados com a medicina.

HEBREU
Nome daqueles que pertenciam ao clã de Abraão e a seus descendentes, até que, depois de Moisés, entraram na Terra Prometida*.

HERESIA ALBIGENSE
Doutrina estranha ao cristianismo que aceita a existência de dois poderes, o Bem e o Mal, em luta permanente no mundo. Essa doutrina adquiriu logo uma grande difusão, por sua simplicidade e porque explica a existência do mal.

HERESIA
Negação da verdade definida pela Igreja Católica por um cristão que pretende continuar em seu seio. Com o tempo, costuma acabar numa separação ou "cisma". As principais heresias são: o arianismo*, o pelagianismo*, o nestorianismo*, o monofisismo* e outras.

HISSOPE
Pequeno instrumento que serve para aspergir água-benta sobre aquele ou aquilo que se deseja benzer.

HÓSTIA
Pequeno disco de pão ázimo. Consagrada pelo sacerdote* durante a missa, transforma-se no corpo de Jesus Cristo. Durante a comunhão* é distribuída aos fiéis.

ÍCONE
Representação de personagens, geralmente santos, especialmente na Igreja cristã ortodoxa.

ICTUS
Palavra grega que significa "peixe". É considerada uma espécie de ideograma de Jesus, já que "Iesus Cristos Theou Uios Soter" significa "Jesus Cristo, filho de Deus, Salvador".

ÍDOLO
Representação de um deus que é cultuado*. Quebrado ou intacto, é representado freqüentemente aos pés de um santo que o jogou no chão. Quem adora um ídolo é um idólatra, e o culto aos ídolos é a idolatria.

IMACULADA CONCEIÇÃO
É o fato de Santa Maria, por uma graça excepcional, não ter conhecido jamais o mal, sendo concebida sem estar marcada pelo pecado original. Desse modo, a Igreja afirma a excepcional santidade de Maria.

DR

INCENSÁRIO
Recipiente com pequenas correntes para segurá-lo, onde se queima incenso. Símbolo do culto divino.

INFERNO
Lugar reservado, após a morte, para aqueles que negaram a Deus. Aqueles que, em seu livre-arbítrio, negam, rejeitam e lutam contra Deus a vida toda são destinados a ir para lá. Não é, portanto, um "castigo" que Deus infligiria, como freqüentemente se crê, mas sim a conseqüência (para o caso, desastrosa) do respeito absoluto que Deus tem pela liberdade dos homens, mas quando essa se extravia.

ISRAELITA
Nome dos descendentes de Jacó, o patriarca*, desde que se instalaram em Canaã.

JESUÍTAS
Religiosos pertencentes à Companhia de Jesus, fundada por São Inácio de Loiola em 1534. Usam uma túnica preta.

JESUS
Judeu da Galiléia, cuja existência histórica já não se discute. Nascido durante a época de Augusto, morreu crucificado na época de Tibério. Foi proclamado filho de Deus e veio à Terra para salvar os homens ("Cristo*"). Verdadeiro Deus e verdadeiro homem ao mesmo tempo, tem duas naturezas que não estão

separadas nem envolvidas. Fundou a Igreja universal que se dividiu em diferentes grupos em conseqüência dos cismas*. Seus seguidores são chamados cristãos.

JUDEU
Em sua origem, um judeu é um habitante da região de Jerusalém após o retorno da Babilônia. Depois, o termo passou a designar todos os membros do povo hebreu.

JUÍZO FINAL
Segundo o Novo Testamento*, todo homem é julgado depois de morrer. Mas, no final dos tempos, acontecerá o "juízo final", uma espécie de recapitulação de todas as vidas, que serão reagrupadas no séqüito de Jesus Cristo à luz do amor de Deus.

LAICO
1. Em termos cristãos, significa um homem ou mulher que não foram ordenados (diácono*, sacerdote*, etc.); ou seja, que não fazem parte do clero*.
2. De forma mais geral, esse termo designa também tudo o que escapa à autoridade religiosa (a escola laica, por exemplo).

LAZARISTA
Sacerdote pertencente à sociedade fundada por São Vicente de Paulo, em 1625, para evangelizar as zonas rurais.

LEÃO
Simboliza o deserto. Com seu rugido que invade a solidão, o leão tornou-se a característica de São Marcos, cujo evangelho começa com "Eu sou a voz daquele que clama no deserto". Nesse caso, o leão é representado com um livro e com asas. Sem asas, o leão é uma característica de São Jerônimo.

LENDA DOURADA
Ver informações da página 168.

LÍRIO
Simboliza a virgindade voluntária consagrada a Deus (Santa Maria, São José, Santo Antônio de Pádua e numerosos santos).

LITURGIA
Conjunto das celebrações oficiais do culto* rendido a Deus.

LITÚRGICO
Que pertence à liturgia*.

LIVRO
Símbolo de quem prega, sobretudo do bispo*, mas também do diácono* e do abade*, bem como dos fundadores de ordens religiosas* (São Benedito). Por extensão, é atribuído a alguns missionários*. É também símbolo dos que escreveram obras de espiritualidade, regras* etc. (Santo Agostinho, São Benedito).

MAGNIFICAT
Cântico evangélico à glória de Deus pronunciado por Santa Maria durante a Anunciação*. Começa assim: "Minha alma exalta o Senhor, e meu espírito se enche de alegria com Deus meu Salvador..."

MANDORLA
Elemento ornamental de forma ovalada com a figura de um personagem dentro de seu contorno. Simboliza a importância do que se esconde sob o acessório. Assim, por exemplo, simboliza como a natureza humana de Cristo esconde sua natureza divina ou como a luz interior de Maria se esconde atrás de sua humildade.

MANÍPULO
Ornamento litúrgico, feito de uma tira estreita de tecido, que o sacerdote que celebra a missa usa no antebraço esquerdo, como símbolo de sua autoridade.

MÁRTIR
Designa uma pessoa morta como prova de sua fé. São Sebastião é um mártir.

MARTÍRIO
Designa a execução de um testemunho da fé: o martírio de São Sebastião.

MESSIAS
Termo hebraico equivalente ao "Christos" grego. É "messias" aquele que foi "ungido" por Deus para libertar o povo escolhido. Para os cristãos, Jesus é o Messias.

MILAGRE
É um fato mais ou menos espetacular observado na ordem natural, ao qual os fiéis atribuem um significado. Um acontecimento milagroso aumenta a fé do fiel, embora seja sempre problemático para

o não fiel, que sempre pode permanecer na incredulidade ou finalmente inclinar-se para a crença.

MISSA
Cerimônia central da liturgia* católica, no decorrer da qual o sacerdote* realiza a transformação do pão e do vinho no Corpo e no Sangue de Jesus Cristo (eucaristia*).

MISSIONÁRIO
Pessoa encarregada de difundir uma crença religiosa.

MISTICISMO
É a expressão de uma experiência de unidade-comunhão-presença com Deus. A Igreja Católica sempre se mostrou muito prudente com as experiências místicas, sem negar sua realidade.

DR

MITRA
Chapéu de cerimônia dos bispos* e de alguns abades*. Quando são representados aos pés de um santo, é sinal de que o santo recusou por humildade o cargo de bispo. Várias mitras significam que recusou várias vezes. É também o acessório usado pelos sacerdotes judeus, como Aaron.

MONACAL
1. Forma de vida dos monges*.
2. A instituição monástica.

MONGE (FREIRA)
Cristão ou cristã que se retira da vida mundana para dedicar-se a Deus. Faz parte de uma comunidade regida por uma regra*.

MONOFISISMO
Heresia* que pretende que as duas naturezas de Jesus Cristo, a divina e a humana, estejam fundidas uma dentro da outra.

MONOGRAMA DE CRISTO
Marca formada pelas duas primeiras letras gregas de seu nome "X" (qui) e "P" (rô). Costuma-se acrescentar "?" (alfa) e "Ω" (ômega), simbolizando que Jesus Cristo é o início e o fim de tudo. Há outros monogramas que são representados freqüentemente. O da Igreja romana é IHS, Iesus Humanum Salvator, que quer dizer Jesus salvador dos homens (o "H" às vezes vem coroado por uma cruz). Ver também Santo Inácio de Loyola (p. 177). Encontramos também outras letras que não são propriamente monogramas, como:

DR

SCS DS (Santus Deus).
CSPB (Crus Sanctis Patris Bedenedicti).
AMDG (Ad Majorem Dei Gloriam).

MOSTEIRO
Conjunto de edifícios onde vive uma comunidade monacal*.

NESTORIANISMO
Heresia* que declara que Santa Maria é somente a mãe do homem Jesus e não a mãe de Deus.

DR

NIMBO
Não deve ser confundido com a auréola*, um simples círculo ou uma elipse em volta da cabeça. É um disco que envolve a cabeça de um personagem. Seu centro está na ponta do nariz e vai até a clavícula. Caracteriza os santos da cristandade, mas, muito antes da era cristã, podia ser visto em divindades gregas e hinduístas. Assim como a auréola*, o nimbo é um símbolo universal para valorizar num personagem aquilo de mais nobre que há nele: sua cabeça fica então maior, resplandecente. Adota às vezes uma forma quadrada, o que significa que o personagem ainda está vivo. Em alguns casos é crucífera; ou seja, marcada com três faixas que lembram a cruz de Jesus ou a Santíssima Trindade*. Nesse caso, é reservada a princípio para as pessoas divinas ou para suas representações, como o cordeiro*.

NOVO TESTAMENTO
Segunda parte da Bíblia* cristã, que compreende os quatro Evangelhos*, os Atos dos Apóstolos, as Epístolas e o Apocalipse* de São João.

ORATÓRIO
1. Local de oração, geralmente em forma de capela* pequena.
2. Ordem religiosa* fundada por São Felipe Neri, em 1575.

ORDEM
Ver "ORDENAÇÃO".

ORDEM MONÁSTICA OU RELIGIOSA
Instituição criada geralmente por um clérigo ao organizar a vida de uma comunidade de religiosos ou religiosas, em todos os seus aspectos materiais e espirituais, segundo um conjunto de preceitos denominado "regra". Assim, por exemplo, São Domingos funda a ordem dos dominicanos, Santo Inácio de Loyola, a dos jesuítas etc. As ordens correspondem geralmente às necessidades de uma época e, mais comumente, após um período de expansão, entram em declive e desaparecem. Das 37 ordens fundadas antes do ano 1000, só subsiste uma: a dos beneditinos, fundada por São Benedito.

ORDENAÇÃO
Rito durante o qual é distribuído o sacramento* da Ordem* aos diáconos*, sacerdotes* e bispos*.

PADRES DA IGREJA
Teólogos dos primeiros séculos da cristandade, que gozaram de grande autoridade, em razão da ortodoxia de seu pensamento e da santidade de sua vida. Essa autoridade, embora importante, não alcança a das Escrituras, que são consideradas como inspiradas por Deus. São denominados "Padres" porque o termo evoca quem educa e faz progredir. O título não foi dado por nenhuma autoridade, mas foi se impondo pouco a pouco dentro do povo cristão. É por isso que não há unanimidade sobre a lista de Padres da Igreja. No período próximo à redação do Novo Testamento*, os Padres da Igreja pertenciam às primeiras gerações de cristãos (concretamente as dos dois primeiros séculos), configurando uma ligação preciosa com os tempos modernos. A "patrologia" é o conjunto de obras dos Padres da Igreja. A "patrística" é seu estudo. Sua influência foi determinante para combater as numerosas heresias dos primeiros séculos da Igreja. Vários Padres da Igreja foram reconhecidos também como Doutores da Igreja* (Santo Agostinho).

PAGANISMO
Religião dos pagãos* aos olhos dos cristãos.

PAGÃO
Para os cristãos, um adepto do politeísmo e, por extensão, ateu (isto é, aquele que não reconhece Deus).

PAIXÃO DE CRISTO
Conjunto de sofrimentos aceitos voluntariamente por Jesus, desde a instituição da Eucaristia* na quinta-feira santa, até sua morte na cruz, na sexta-feira santa.

PÁLIO
Ornamento litúrgico feito com uma larga tira de tecido de lã, marcada com seis cruzes, que o papa* usa em certas ocasiões. É também o signo distintivo dos arcebispos*, que lhes é entregue pelo papa* como símbolo de união com ele.

PALMEIRA
Simboliza geralmente o martírio*.

PAPA
Trata-se de um cardeal escolhido por seus iguais e que se torna então bispo de Roma, chefe da Igreja universal e chefe de Estado do Vaticano.

PAPADO
1. Função exercida pelo papa*
2. Instituição constituída pelo governo da Igreja, sob a autoridade papal.

PARAÍSO
Lugar de gozo eterno para aqueles que se tornaram merecedores dele em vida. Para os cristãos, é mais um estado de felicidade pela participação na vida divina, um estado reservado para os escolhidos por Deus no dia do juízo final*.

PARÓQUIA
Toda igreja diocesana está subdividida em paróquias. É uma comunidade concreta de fiéis que foi constituída de maneira estável e cujo cuidado é confiado à responsabilidade de um sacerdote: o pároco.

PATRIARCA
1.No Antigo Testamento, esse termo designa os ancestrais comuns do povo hebreu: Abraão, Isaac e Jacó.
2.Atualmente, nas Igrejas orientais, designa um chefe religioso com jurisdição sobre um conjunto de arcebispos* ("metropolitanos"), bispos*, clérigos* e fiéis do mesmo rito.

PECADO

O pecado constitui uma negação do amor de Deus. Como conseqüência de um ato concreto, tomamos consciência de que esse ato nos afasta de seu amor. Representa uma falta de fé. É a refutação da dimensão significativa de Deus que pode ser encontrada em todos os gestos, todos os encontros, todos os pensamentos. É muito diferente da "falta", que é apenas a transgressão de uma norma, que danifica a imagem que o indivíduo tem de si mesmo.

PEIXE

Nos primeiros séculos da Igreja, simbolizava a pessoa de Jesus Cristo. Ictus significa "peixe" em grego, e o termo é formado pelas iniciais de "Iesus Cristos Theou Uios Soster", isto é: "Jesus Cristo, filho de Deus, Salvador". Transformou-se no símbolo de reconhecimento entre os cristãos e foi representado com extrema freqüência.

PELAGIANISMO

Heresia* (propugnada por Pelágio no século V) que valoriza excessivamente o poder da vontade do homem para fazer seu bem, limitando assim o poder da graça divina.

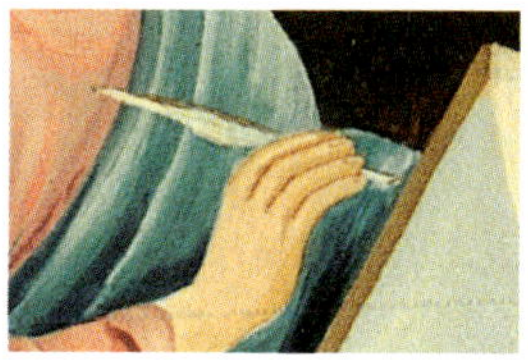

PENA

Simboliza os escritores da Igreja (Santo Agostinho) e os fundadores de ordens religiosas* (São Benedito).

PENTECOSTES

Acontecimento ocorrido após a Ascensão* de Jesus, quando os discípulos receberam o Espírito Santo* que os transformou radicalmente. Desse modo, ficaram prontos para encarar sua missão de testemunho e evangelização.

PEREGRINAÇÃO

Viagem empreendida pelos fiéis a um lugar simbólico: igreja, lugar de uma aparição, mosteiro*, etc. É uma viagem que se faz com espírito evangélico (orações, espírito de pobreza). A mais conhecida é a peregrinação para Santiago de Compostela, o Caminho de São Tiago.

PÍXIDE

Vaso sagrado onde são guardadas as hóstias*.

POMBA

Simboliza o reencontro com a paz (Noé). O mais comum é que represente o Espírito Santo (no batizado* de Jesus, por exemplo).

POSSUÍDO

Diz-se do ser humano cuja doença mental é atribuída ao demônio. Sua libertação costuma ser representada com pequenos demônios que saem da boca ou da cabeça do possuído.

PROFETA

Não se trata de alguém que anuncia o porvir, mas sim de alguém que fala em nome de Deus. Profundamente imerso em seu tempo, analisa sua época com um olhar impregnado de Deus e extrai de sua análise linhas de atuação na vida.

PROTESTANTE

Partidário da Reforma* em suas distintas variantes: luteranos, calvinistas, batistas etc. Os protestantes são uma das tradições cristãs.

QUERUBINS

Categoria superior de anjos. Ver "ANJOS", p. 58.

REFORMA

Vasto movimento destinado a lutar contra a degeneração temporal e espiritual do papado* e do conjunto da Igreja, empreendido em primeiro lugar por Lutero no século XVI. Lutero negou a autoridade da Tradição para interpretar as Escrituras. Pensou que o homem não tinha nenhuma intervenção em sua salvação, negando o papel mediador dos sacerdotes. Sua heresia* iria ser traduzida no cisma* do protestantismo, dentro da Igreja cristã universal.

REGRA

Conjunto de diretrizes materiais e espirituais, base da organização da vida num conjunto religioso. A primeira regra monástica foi redigida por São Pacômio (286-346).

RELICÁRIO

Cofre pequeno e mais ou menos ornamentado que contém as relíquias de um santo (por exemplo, um pedaço de osso, um dente, um objeto que lhe pertenceu etc).

RESSURREIÇÃO
Passagem da morte à vida. A ressurreição de Jesus Cristo, afirmada por numerosos testemunhos, constitui a verdade central do cristianismo.

REVELAÇÃO
Deus é conhecido progressivamente pelos homens por meio da revelação. Desvela-se com palavras e com atos relatados no Antigo e no Novo Testamento.

ROQUETE
Sobrepeliz com renda (ver "SOBREPELIZ").

ROSÁRIO
Objeto formado por contas unidas por um fio grosso ou uma correntinha. Cada conta representa um "Padre Nosso" ou uma "Ave Maria". Há cinco dezenas, cada uma formada por um "Padre Nosso" e dez "Ave Marias". Para rezar o rosário, deve-se dar três voltas nas contas.

SACERDOTE
Cristão que recebeu o sacramento* da ordem* pela imposição das mãos de um bispo*. Desse modo, o sacerdote fica associado ao ministério desse último. Possui três funções: une a comunidade e a guia no evangelho*; dá aos fiéis a própria vida de Cristo através dos sacramentos*; anuncia o evangelho dentro e fora da Igreja.

SACRAMENTO
O sacramento é um símbolo visível que faz o que promete. Assim, o sacramento do batismo anuncia que o batizado entrou para a Igreja. A água jogada sobre a testa da criança, acompanhada pelas palavras rituais, é o símbolo visível que faz o batizado se unir efetivamente à Igreja. O sacramento é sempre algo visível, humano, que permite ao fiel experimentar um encontro vital com Deus. Existem sete sacramentos.

SALESIANOS
Sociedade sacerdotal ("Sociedade de São Francisco de Sales") fundada em 1859 por São João Bosco. Dedicam sua vida aos jovens de bairros desfavorecidos.

SANTÍSSIMA TRINDADE
Ver "TRINDADE".

SANTO ESPÍRITO
Ver "ESPÍRITO SANTO".

SANTO
Ver informações em "O que é um santo?", p. 13.

SANTOS ÓLEOS
Óleo utilizado em liturgia*. É sinal de gozo e marca indelével. É utilizado para simbolizar que os dons recebidos de Deus são dados em toda sua plenitude (por exemplo, no curso do sacramento* da Confirmação).

SERAFINS
A categoria mais alta de anjos.
Ver "ANJOS", p. 58.

SERPENTE
Simboliza a heresia* (São Hilário), o veneno (São João Evangelista), o pecado ou a tentação (Adão e Eva). Nesse caso, está freqüentemente erguida, numa posição que simboliza a tentação de Adão e Eva: têm de se erguer para que sejam iguais a Deus.

SOBREPELIZ
Veste litúrgica formada por uma túnica de pano branca com mangas, que vai até o joelho. Era o símbolo primordial do clero, hoje em dia substituída pela alva com cogula (ver "ALVA").

SOTAINA
Hábito eclesiástico em forma de túnica larga abotoada na frente, presa por uma faixa. Foi o uniforme obrigatório do clero no século XIX. Tem cor preta para os sacerdotes*, violeta para os bispos*, vermelha para os cardeais* e branca para o papa*. Na atualidade caiu em desuso.

TÁBUAS DA LEI
Tabuinhas de pedra que Deus entregou a Moisés no Monte Sinai com os dez mandamentos escritos.

TERRA PROMETIDA
Ao propor sua Aliança com os hebreus, Deus prometeu a Abraão uma numerosa descendência e uma terra onde essa descendência pudesse se instalar e prosperar; essa terra prometida era Canaã, localizada a oeste do Jordão.

TESTAMENTO
Ver "BÍBLIA".

TETRAMORFO
Conjunto de quatro figuras que simbolizam os quatro evangelistas. O anjo (ou, às vezes, um homem) representa São Mateus; a águia representa São João; o touro representa São Lucas e o leão representa São Marcos.

DR

TIARA
Adorno de cerimônia do papa*. Na iconografia, às vezes representa o Deus Pai.

TOURO
Ver "BOI".

TRANSFIGURAÇÃO
Episódio da vida de Jesus relatado no Novo Testamento*. Jesus aparece com seu corpo de ressuscitado entre Moisés e Elias, diante dos apóstolos Pedro, São Tiago Maior, e João.

San Michel in Bosco, Bologna, Italie

TRINDADE
Nome que os cristãos dão a Deus, que é um Deus único em três "pessoas": Pai, Filho (Jesus Cristo) e Espírito Santo. Ver "A TRINDADE", p. 57.

TROMBETA
Na iconografia tradicional, os anjos* utilizam esse instrumento para anunciar o Juízo Final*.

UNICÓRNIO
Símbolo da força indomável, mas pura, transformou-se na representação da concepção virginal de Santa Maria.

DR

VISITAÇÃO
Visita de Santa Maria, futura mãe de Jesus, à sua prima Isabel, futura mãe de João Batista. Santa Isabel recebe Santa Maria com um cumprimento que fará parte da oração "Ave Maria", o qual é respondido por Santa Maria com uma oração de louvação conhecida com o nome de "Magnificat*".

VISITANDINAS
Religiosas pertencentes à ordem * fundada por Santa Joana de Chantal no século XVIII. As visitandinas conjugam a vida contemplativa com o cuidado de doentes.

VULGATA
Tradução do grego ao latim da Bíblia* realizada por São Jerônimo.

CONCLUSÃO

Humanos como os demais, nem melhores nem piores, os santos, humildes ou poderosos, souberam marcar o que estava a seu redor. Muito diferentes entre si, todos tiveram em comum o resplendor de sua vida ou de sua morte.

Lembram-nos que aqueles que colocam seu ideal em Deus, ou o que vem a ser o mesmo, no próximo, não só podem conseguir o impossível, mas também fazer de suas vidas uma vitória.

Talvez esse livro queira, ao ajudar a reconhecer as representações artísticas dos santos, convidar nossos leitores a conhecer melhor sua história, mesmo contendo uma parte de lenda ou de fabulação, e a reconhecê-las como sinais tangíveis enviados por Deus.

Ensaio de Jean Auguste Dominique Inges, Santa Adelaide, Museu Bonnat, Bayona, França.

ICONOGRAFIA

Artephot
© Artephot/ A. Brumaire.
Página 155

Bridgeman Giraudon
Páginas 57-59-61-63-64-65-66-67 à esquerda-67 à direita (© Lauros)-69-74 à direita-75-76-77-78 à esquerda-79-80-84 à esquerda-87 à direita (© Lauros)-88 à esquerda-89 à esquerda-89 à esquerda-89 à esquerda-89 à direita (© Lauros)-91 abaixo (© Flammarion)-92-96 à esquerda -97 à esquerda (© Interfoto)-98 à direita (© Lauros)-99 acima-102 acima e abaixo-103 (© Lauros)-104 esquerda (© Lauros)-104 à direita-105 abaixo-106 à direita (© Lauros)-108 (© Hanfstanegl)-110 à esquerda -113 à direita-114 à direita -115 à direita (© The Lefevre Gallery, Londres)-116-117-119-120 (© Lauros)-121 à direita-122 acima e abaixo-123 (© Lauros)-124 à direita-125-126 à esquerda-127 à direita-128 abaixo à direita /© Lauros)-130 abaixo-131 à esquerda-137-142-143-144 (© Paul Maeyart)-148 à direita-158 à esquerda-161-162-163 acima e abaixo-166 à direita-168 (© Alinari Anderson-Giraudon)-169-170 (© Lauros)-171 (© Arquivos Charmet)-172-173 à esquerda (© Arquivos Charmet)-178-180 à esquerda e à direita (© Lauros)-171 (© Arquivos Charmet)-172-173 à esquerda (© Arquivos Charmet)-178-180 à esquerda e à direita (© Lauros)-183-184-186-187 (© Bridgeman Giraudon/ Arquivos Larousse)-189-210 acima-211.

Fundo Nacional dos Monumentos e Lugares Históricos
© CMN - Paris
Páginas 107 à direita-145 abaixo (© RMN - R. G. Ojeda)-153 (© RMN).

DRAC das Terras do Loire
© Inventário Geral – ADAGP.
Páginas 74 à esquerda (© B. Rousseau)-87 à esquerda (© Renoux)-95 à esquerda e abaixo à direita (© P. Giraud)-97 à direita (© F. Lasa)-129 acima à esquerda (© D. Pillet)-134 (© D. Pillet/ P. Giraud)-149 à esquerda (© P. Giraud/ F. Lasa)-164 à direita (© D. Pillet)-166 à esquerda (© F. Lasa)-200-

DRAC de Picardia
Inventário Geral - ADAGP.
Página 84 à esquerda.

DRAC de Provença-Alpes-Côte d'Azur
© M. Séller- G. Roucaute, Inventário Geral
Página 164 à esquerda.

Museu Jacquemart-André
Página 167.

Museu de Belas Artes, Dijon, França.
© Inventário Geral - ADAGP.
Página 147.

Nidaros Domkirkes Restaureringsarbeider
Página 154.

Roger-Viollet
© Inventário Geral - ADAGP.
Página 58-62-73.

Scala Group S.p.A.
© Scala, Florença.
Página 81.

Prefeitura de Paris
Direção de Assuntos Culturais
Conservação de obras de arte religiosas e civis
© Prefeitura de Paris - C.O.A.R.C.
Páginas 78 à direita (© J. M. Moser)-91 acima (© J. M. Moser)-99 abaixo /© J. M. Moser)104 acima à esquerda (© Fhototheque des Musées da Ville de Paris/ Marchand)-106 à esquerda (© J. M. Moser)-110 à direita (© J. M. Moser)-114 abaixo à esquerda (© E. Michot)-118 (© E. Michot)-156 acima (© E. Michot)-181 à esquerda (© C. Fouin)-181 à direita (© J. M. Moser)-182 (© J. M. Moser)-185 (© J. M. Moser).

Fotografias dos autores, B. Des Graviers e M. Jacomet
Páginas 82-86-94-95-96-101-104 abaixo-109-113 à esquerda-127 à esquerda-128 à esquerda, acima e abaixo-130 acima-133 abaixo à direita-148 à esquerda-150-165 à direita e à esquerda.

Desenhos: Características dos santos na arte popular, R. P. CAHIER. Ed. Culture et Civilisation, Bruxelas.
Páginas 58-60-63-65-68-70-75-84-85-86-88-94-98-100-101-105-107-109-114-115-121-124-126-128-129-131-133-135-136-141-146-147-149-150-156-157-158-159-160-165-167-169-172-173-177-182.